爱上阅读·中小学生晨读精品选

高长梅　许高英　主编

步伐的风度

李培俊 著

九州出版社
JIUZHOUPRESS ｜ 全国百佳图书出版单位

图书在版编目（CIP）数据

步伐的风度 / 李培俊著. -- 北京：九州出版社,2014.10
（2021.7 重印）

（爱上阅读：中小学生晨读精品选 / 高长梅, 许高英主编）

ISBN 978-7-5108-2847-8

Ⅰ.①步… Ⅱ.①李… Ⅲ.①阅读课 - 中小学 - 课外读
物 Ⅳ.①G634.333

中国版本图书馆CIP数据核字（2014）第254294号

步伐的风度

作　　者	李培俊　著
出版发行	九州出版社
地　　址	北京市西城区阜外大街甲35 号（100037）
发行电话	（010）68992190/3/5/6
网　　址	www.jiuzhoupress.com
电子信箱	jiuzhou@jiuzhoupress.com
印　　刷	北京一鑫印务有限责任公司
开　　本	720 毫米 × 1000 毫米　16 开
印　　张	9.5
字　　数	155 千字
版　　次	2015 年 5 月第 1 版
印　　次	2021 年 7 月第 4 次印刷
书　　号	ISBN 978-7-5108-2847-8
定　　价	36.00 元

阅读随想（代序）

　　爱上阅读。阅读能使我们进一步获取智慧,获取解决问题的方法与能力。

　　微信中,有一篇叫《读书的十大好处》的文章流传颇广。它概括的所谓十大好处独树一帜:1. 养静气,去躁气;2. 养雅气,去俗气;3. 养才气,去迂气;4. 养朝气,去暮气;5. 养锐气,去惰气;6. 养大气,去小气;7. 养正气,去邪气;8. 养胆气,去怯气;9. 养和气,去霸气;10. 养运气,去晦气。

　　微信中,还有一篇文章也被大量转发,叫《读书是最好的美容》。文章认为,"人通过读书,在幽幽书香潜移默化的熏陶下,浊俗可以变为清雅,奢华可以变为淡泊,促狭可以变为开阔,偏激可以变为平和"。的确,打开书,便打开了一扇面对世界的窗口,你读天,无际的长天予你灵性;你读地,宽厚的大地赠你理性。打开书,便打开了一面审视生命的镜子,那扑面而来的真善美令人陶醉。

　　还是微信中的一篇文章,叫《通过阅读解决自己的困惑》。文章认为,阅读不能仅仅是小清新、轻口味、品时尚的浅阅读,有时还得"重口味"。阅读即要脚踏实地,要观看现实,了解人类文化的百态,知识的种种。但是只看"大地"那是不够的,还需要仰望星空,还要读读诸如《论语》、

《庄子》之类的书,以加深我们对人性的理解且不丧失对智慧的信心。

再引用著名作家王蒙先生2013年9月发表在《人民日报》上的《"攻读"的日子哪里去了》中的一段话:离开了阅读,只有浏览与便捷舒适的扫描,以微博代替书籍,以段子代替文章,以传播代替学识,以表演代替讲解,将会逐渐使人们精神懒惰,习惯于平面地、肤浅地接受数量巨大、获得廉价、包含着大量垃圾赝品毒素的所谓信息,丧失研读能力、切磋能力、求真求深的使命与勇气,以至连讨论追究的习惯也不见了,苦思冥想的能力与乐趣也没有了,连智力游戏的水准也降到幼儿级别以下了。这样下去,我们会空心化、浅薄化与白痴化,我们的宝贵的头脑的皱褶将渐渐平滑,我们的"灵"的思辨思维功能将渐渐萎缩,而我们的大脑将只剩下海量获得八卦式的信息然后平面地记忆下来、转销出去的"肉"的能力。

杨绛说得更好:读书正是为了遇见更好的自己。读书到了最后,是为了让我们更宽容地去理解这个世界有多复杂。

爱上阅读。阅读提升我们的素养,阅读最终将改变我们的人生。

【目录】

第一辑 给故事续个结尾

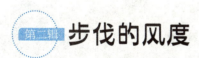

第二辑 步伐的风度

 第三辑 **放我一马的人**

第六辑 **夜晚的太阳**

步伐的风度
Bu fa De feng du

第一辑

给故事续个结尾

　　我也没说话,觉得何建中的结尾十分解气,又顺理成章,和禹三的那篇东西融合得天衣无缝,简直是神来之笔!

　　这也许正是禹三想要的结尾。

橘子

他上衣破了,裤子也撕开了一道不小的口子,脸上还有几条浅色的灰道子,其中一条越过眉梢,在腮帮上拐了个S形的小弯,一直延伸到嘴角那里。他显得异常狼狈。天快黑时,他出现在卖橘子的小摊前。橘子又香又甜的滋味,对于又渴又饿的他具有致命的诱惑力,他恨不得立即拿起一个,剥去外皮,塞进嘴里。但他没有。他用力咽下一口口水,手下意识地伸进上衣空无一物的口袋,最后又犹豫着把手伸向鼓鼓的裤袋……

这时,摊主拿起一只又圆又大的橘子递到他手上,那只橘子是摊子上最为鲜亮的一只。摊主笑笑说:忘记带钱了吧? 以后记住,男人出门,口袋可不能空。吃吧,吃吧,自家树上结的。

他说了声谢谢,拿着橘子离开了。

两天后,他又一次出现在那个卖橘子的小摊前。没等他开口,摊主就拿起橘子塞给他,不是一只,而是四只。他张张嘴,想对摊主说些什么的,可他欲言又止,终于什么也没说,把一份折叠起来的报纸放到大堆的橘子旁,走了。晚上摊主收摊,发现了那份报纸,打开一看,摊主惊呆了,上面有一则公安部门的悬赏通缉令,照片上那个通缉犯,竟是他! 自己竟两次送橘子给他吃! 几经犹豫之后,摊主拨通了报警电话。

公安部门调集警力,在小摊周围设伏,静等着逃犯的再次出现。三天后的中午,逃犯果然出现了。他没有马上进入警方的埋伏圈,而是远远站着,朝四周张望一阵之后,做出了一连串令人费解的动作:他先从裤袋里掏出一把尖刀,举得高高的,在空中晃动几下,然后五指一松,尖刀在阳光下划出一缕寒光,哐当一声落到地上。随即,他举起双手,走进警察的埋伏圈。警察一拥而上,给他戴上手铐,推向远处的警车。他说,请等一下,能让我和卖橘子的老板说句话吗?带队的警长犹豫片刻答应了,两个警察架着他,来到卖橘子的摊主面前。他对摊主说:那张报纸是我故意放在你这里的。说完,逃犯如释重负地吐出一口长气,跟着警察上了警车。

摊主连忙找出那份报纸,发现背面有几行用铅笔写下的小字:长期以来,我像一只被猎人追赶的兔子,东躲西藏,白天钻进不见天日的密林,晚上睡在阴暗潮湿的山洞,吃没吃的,喝没喝的,我都快疯了……当我为选择怎样结束自己的生命犹豫不决时,你送给我橘子吃,还对我微笑。老实说,是你的善良感动了我。对你,我无以为报,举报不是有两万元的赏金吗?权作是我对你善良的报答吧。

公安部门按照通缉令的承诺,第三天便把两万元赏金送给摊主。摊主接过钱,颤抖着打了一张收条,把钱掖进内衣口袋。

八年之后,劳改农场的储油仓库发生火灾,危急关头,他冲进火海,搬出了八桶汽油,避免了一次灾难性的事故发生,又因一辆失控的卡车冲向一个狱友的时候,他及时推开狱友,却永远失去了左腿。

他获准减刑四年。出狱那天,他没有回家去见妻子儿子,而是拄着双拐去了那个小镇,去找送他橘子的摊主。摊主的妻子红着双眼告诉他,丈夫已于两年前去世了。说着,她递给他一个沉甸甸的纸包,对他说,他临死前让我把这包东西交给你,说你用得着。他让你也摆个水果摊,挣钱虽然不多,可那是自己挣的,花得踏实。他打开纸包,里面是那两万元赏金,分文未动。包钱的报纸,也是他当年留给摊主的那张。几年时间,纸张已经发黄,通缉令上的照片也已有点模糊不清。

他捧着钱和报纸哭了,跪在摊主的遗像前,重重地磕了三个响头。

给故事续个结尾 第一辑

二叔的旗帜

二叔迈出家门那一刻，天还没有亮透，不过，东边的云彩缝隙里已经露出了橘色的微黄，远处大山的阴影似乎也不那么浓郁厚重，淡淡的，占据了半个天空。二婶听见门响，在里间嘟囔一声，说，你呀，就是个一根筋，没看见下雪了，还去？二婶捂在被窝里，声音被宿夜的痰堵着，沙沙的，带点暖烘烘的味道。

二叔这才发现，昨夜下了一场雪，屋顶、地面、鸡窝、猪圈，被盖得严严实实，漫天漫地全成了白色。二叔一只脚门里一只脚门外，说，去，咋能不去呢。二婶叹了口气说，去吧，去吧。接着叮嘱二叔：记着把围巾围上啊。

二叔折进一条小巷，走出二三十步，站在一堵矮墙前。二叔喊道，大富，大富，咱走哇，升旗去呀。瓦屋里长长地哎了一声，大富胖胖的身子便从木门里挤了出来。

一大一小，一前一后，厮跟着朝村外的小学走去。先是下坡，接着是上坡。沟坡有点陡，二叔爬起来相当吃力，厚底棉鞋踩在积雪上，弄出咯吱咯吱的声响。二叔涌出一身汗水，雾状的气息热腾腾地从领口冒出来，漫过白色的头顶，飘散在山野凛冽的晨空中。

二叔是代课老师，一代就是三十多年，把个活蹦乱跳的小伙子"代"成了六十岁的老人。没人想过给二叔转正，二叔也没提过这一嘴。这个叫靠山寨的村子偏远得让人揪心,距县城八十里,距乡政府所在地四十里。打从二叔记事,见过的最高行政长官是乡民政干事,是为大娃家的老三送立功喜报。那天就像过年,大人小孩换上新衣新鞋新袜新帽,齐刷刷站在村口迎候。民政干事刚一露面,村主任点燃了三千头的鞭炮,炸出一地的花花绿绿。

这种地方谁愿来?没人来。可村里孩子得上学,上学就得有老师。村主任老套找到二叔,说,老二,你给咱当老师去。二叔上过高小,是村里的文化人。二叔指着自己鼻子问:我?当老师?老套说,不但当老师,你他娘的还得当校长。

上任当天,二叔吩咐二婶,去,把好衣裳给我找出来。二婶把箱底的中山装翻出来,却是瘦了、小了,穿在身上有点滑稽可笑。二叔在口袋上别了三支钢笔,二叔成了李老师。

不久,二叔出了自家门前那棵桐树,砍去枝丫,栽到校园正中,在顶端安个滑轮,绑上红旗。每天早上,二叔的一十二位弟子,在旗杆前站成两排,二叔按下录音机按钮,再连忙跑到队列前,肃立站好,大喊一声:升——旗——喽——

二叔的嗓门特大,那声喊破云穿雾,直上九霄。红旗缓缓升入空中,被纯净的阳光照着,把整个靠山寨映得通红一片。

二叔平静的日子是被并校打破的。孩子们走了,到中心校上学去了,小学霎时空了,空得二叔揪心疼,没几天,二叔瘦成了一张纸,头发也白了。

二叔围着小学校转了三圈,而后走进教室,坐在讲台上,看着下面空无一人的座位发呆。这时候,大富来了,看一眼二叔,在座位上坐了下来。大富有智障,十岁了还上一年级,并校时就没谁要他。大富成了二叔唯一的学生。大富问二叔:他们咋不来呢?二叔首先纠正大富,说,大富同学,我给你说过多少遍了,在学校不能叫二叔,要叫老师。然后回答大富:他们不来了,再也不会来了……二叔十分伤感,两行泪偷偷落下来,把中山装的衣襟弄得湿漉漉的。

每天早上,二叔照常出门,然后去喊大富,然后走进学校,然后升旗,再

然后开始上课。二叔的课上给大富一个人，一个在讲台上讲，一个在下面听。老套说，老二呀，有时间去把地侍弄侍弄吧，草都把庄稼吃了，以后别神二八经地升旗了。二叔也一眼老套，说，我升我的旗，碍你啥事了？老套说，没有，这会碍我啥事呢？我是说，学校没了，学生走了，你升给谁看呀？二叔说，升给我看行不行？升给大富看行不行？

神经病！老套丢下这句话走了。

明天，大富也要走了，去上高小了。二叔的心血没有白费，经过统考，大富已成为中心小学的五年级学生。

天色终于放亮时，二叔和大富来到学校。二叔让大富先在旗杆前站好，回屋掂出录音机，把旗子绑好，按下了录音机的按钮。伴着雄壮的音乐，一抹红色缓缓升入空中。雪后的红色分外耀眼醒目。这时，一阵山风吹来，二叔的一头白发被旋了起来，像他头顶的旗帜一样，执着地、固执地飘扬。

小巷风景

小巷虽小，风景却很美，栽满了浓绿的国槐，巷子两边的房屋也被浸得油绿油绿的。春天，槐树的叶子带点鹅黄，嫩嫩的，煞是好看；到了夏天，嫩绿颜色渐深，满树的小白花，弄出一巷的清甜香味，惹得蜜蜂嘤嘤嗡嗡，来往不绝。

鞋匠的修鞋摊就在其中一棵槐树下，离马路牙两米。鞋匠长得很黑，头发黑,脸黑,衣服也黑,活脱脱一个张飞再世。可鞋匠的眼却柔和可亲,带点女人的温情与柔顺。有人来修鞋,鞋匠接了,正着看一阵,反过来再看一阵,然后点点头,放到鞋砧上。缝线时,鞋匠粗黑的手指突然间变得灵巧起来,细眯了双眼,把全部心思缝了进去。鞋修好,拿刷子里里外外刷了,然后上油,白布抹净,递给修鞋的人。说,穿上试试,合适不合适。修鞋的人试了,抓出零钱递过去:多少钱? 鞋匠说,三块。修鞋的人问,两块五行不行? 鞋匠一笑,说,行,咋不行呢。

人活泛,生意就做得好,鞋匠摊边,常有三五个人候着,不急不躁,边等边聊,天暖了,地凉了,都是些家长里短的闲话。

鞋匠旁边坐着个女人,40来岁,穿着整洁干净,指甲也修剪得齐齐整整。槐花落女人头上,鞋匠停下手里的活,替她摘去槐花,理理被风吹乱的头发。女人呆呆的、痴痴的目光一直盯着小巷入口,每有孩子经过,女人的眼突然便亮那么一下。鞋匠叹了口气,对女人说,不是他。

女人是鞋匠疯了10年的妻子。

10年前,这个叫做梦雨的女人很年轻,也很漂亮,是这一带出了名的美人。突然有一天,这个叫做梦雨的美人就嫁给了其貌不扬的鞋匠,突然而且迅速,让小巷里的人有点猝不及防。从媒人上门,到礼成婚配,前后只有三天时间。两人很快有了孩子,又很快把孩子丢了。怎么丢的? 众说纷纭,莫衷一是。有人说,梦雨去逛商场买衣服,从试衣间出来便没了儿子;也有人说,梦雨和一帮同学喝酒,喝多了,不知怎么就把儿子弄丢了。反正,儿子没了。梦雨疯了。

鞋匠不敢把她一个人丢在家里,家里有电器,有煤气,修鞋时就把她带在身边。忙过一天,生火做饭,先喂梦雨吃,然后自己吃。打发梦雨睡下,鞋匠抱出一堆换洗衣服,蹲在客厅里搓洗。一切忙完,看看表,已是12点多了。

鞋匠成了小巷里女人的偶像。和自家男人惹气了,吵架了,女人们便把鞋匠搬出来,说,瞧人家鞋匠,多仁义的一个人,老婆疯了10年他照顾10年,要是你,哼,早一脚把我踢出去了! 女人们还说,你整天鸡猫狗不是,我还不

如一个疯子？男人就不响了。

有一天，民警把儿子送回来了。儿子刚在巷口出现，梦雨就从小凳上一跃而起，扑过去把儿子抱住了，那泪流得小河一样恣肆。梦雨说，儿呀，你可回来了！可回来了！鞋匠倒是冷静，围着那个16岁的少年一连转了三圈，儿子白净瘦弱，怎么看都不像是自己的。民警也怕弄错，提出做个DNA。做过了，儿子的确是梦雨的，可跟鞋匠没有半点关系，也就是说，儿子是梦雨和别人生的。谁的？鞋匠不知道，也没有追问病好的梦雨。

鞋匠依然坐在槐树下修鞋，可人们发现，鞋匠一下子老了，头发白了，眉毛白了，胡子也白了。没人修鞋时，鞋匠仰着脸看天上的云彩，一看就是半天。他身边那个小凳上，现在坐着的是梦雨的儿子。该吃午饭了，梦雨把两碗米饭、两份肉菜送到槐树下，一碗给鞋匠，一碗给儿子。爷俩吃着，鞋匠说，你今年16了吧？梦雨儿子说，16了。鞋匠说，你还得继续上学，别学我，小时候没钱上，大了什么也干不成，只能给人修鞋。梦雨儿子说，可插班得交一笔钱呢，听说数目不小。鞋匠说，咱有，过了暑假就去一中吧，那儿教学质量好。

两人说话时，阳光从树叶间漏下来，有几点落在鞋匠额头上，黄黄的、亮亮的，像块金子嵌在那儿，鞋匠的脸便有了些许的生动。鞋匠头上落了几粒白白的槐花，梦雨儿子替他摘下来，扔了，说，爸，头上落了东西都不知道？

雪地上的鲜花

于山没想到，他和徒弟金娃会在这里见面。

前天，于山接到一户人家的预约，说是为老人做八十大寿，请于山的唢呐班子去热闹一下。于山不知道同时还请了另一家唢呐班子——于山做事是有原则的，从来不往别人的生意里搅，在行里口碑很好。

他的唢呐班子按时赶到湖桥镇时，才知道徒弟金娃也来了。

金娃先他来到湖桥镇，于山到的时候，金娃正在主家院门右侧的空地上安置东西。师徒见面，彼此寒暄几句便没话说了。很显然，金娃和于山都很尴尬。

于山摇摇头，苦笑笑，他们怎么请了咱们两家？

师傅，你老没看出他们的意思？

师徒二人是远近闻名的唢呐手，原来都在县剧团供职。那时候师徒可谓春风得意，省里市里每逢有重大演出活动，如果少了于山和金娃的唢呐演奏，参加的人就会觉得遗憾。可剧团说不行就不行了，于山和金娃一下子从山巅跌进了深谷。

活人当然不能让尿憋死，于山和金娃各自拉起人马，成立了草台班子。由于各忙各的生意，师徒二人便少了来往，谁知今天却在湖桥镇见了面。

这时，一位三十多岁的汉子走出大门，对于山和金娃说，今天这阵势你

们已经看到了，两家班子同时搭台演出，目的只有一个。汉子说着从袋里掏出一卷钞票，在手心里摔打几下，说，谁赢了呢，这钱就是他的。

于山看看金娃，金娃看看师傅。他们从对方眼神中读出了相同的意思：都想得到这笔钱。年根岁尾，谁不想给伙计们多发几个，让他们过个有滋有味的春节？

金娃朝师傅不好意思地点点头。

于山也对徒弟点点头。

他们的对台戏一直持续了七小时。中午吃饭时，金娃端着一盘炒肉丝来到师傅的桌上，和师傅挨坐在一起，他先看了看师傅的脸色，这才小心地问，师傅，你老没事吧？

没事，于山说，只是感到有点累。人老了，不比当年气脉足了。

金娃脸上讪讪的，有两滴清泪落下来，师傅，我……

金娃，放心大胆地吹吧，咱都凭自己本事，谁也别让着谁。

金娃哽咽着，把那盘肉丝往于山面前推推，说，师傅，您多吃点，身上才有劲。

饭罢，于山和金娃各自走向自己的位置，遥遥相对。金娃的一曲《百鸟朝凤》，如行云流水，把于山这里的观众拉走了不少。于山颇为赞赏地点点头，把唢呐在空中画了一个大大的圆弧，这才凑到唇边，双腮一瘪，几声裂帛似的强音划过，留下一大块空白。之后，他的唢呐吹起了《十面埋伏》。曲音委婉低沉，犹如隐伏了千军万马，把观众逼得透不过气来，却又让人不忍离去。

这时候，天上下起了纷纷扬扬的大雪，棉絮般的雪花铺天盖地落下来，不大工夫，地上铺了厚厚一层。但人们似无察觉，仍然沉浸在于山的唢呐声中。

此刻，于山已进入他所创造的艺术氛围中，无知无觉，他根本不知道金娃那里的观众几乎全被他的吹奏吸引了过来。

于山的唢呐声在突然之间停了下来。他突然听到对面传来一声近乎绝望的悲音，抬头看去，金娃已经把唢呐从嘴里移向鼻子。

鼻吹！于山待要制止，已经来不及了，金娃的第一个音节流向了人群。

这是一种极伤身子的吹法，于山曾经告诫他，不到万不得已绝不可用，时间稍长，人会因气竭而累倒，艺术生命也就随之终结。

于山决定停下来，他不能眼看着他的徒弟给毁了。他把唢呐轻轻地放到桌子上。

金娃也朝他这里看一眼，但金娃没有停，他继续呜呜啦啦吹下去。于山走到金娃的场地，在桌子前站下，仰脸看着金娃，他的眼神里含满了愧疚，颤抖着说，金娃，你就停下来吧，师傅不和你争了……

直到一曲吹毕，金娃才含着泪跳下桌子，摇摇晃晃抱住于山，喊了一声师傅。话没说完，一大口鲜血喷涌而出，飞溅在面前的雪地上，像盛开的鲜花，有一种惊心动魄的妖艳。

于山雇车把金娃送走以后，他把跟随自己三十年的唢呐放在一块石头上，一脚踩了上去。他踩得很慢很慢，仿佛怕吓着它似的，但他还是把它踩扁了，然后扭头走了。茫茫雪地上，留下一溜歪歪斜斜的脚步……

对话

副所长是岳所长要来的。岳所长之所以竭力要个副所长，是为宋史研究所长远着想，岳所长五十九岁了，年底到届，手续一办，没个接手的人能行？

人来了，是个年轻人，三十多岁，原是外省一所高校的副教授。老岳有些担心，这么年轻，能挑起这副千斤重担？可既然让他来，就一定有让他来的理由。

报到那天,岳所长一问,副所长竟姓秦,不但姓秦,籍贯竟是南京。岳所长不禁一声暗笑,说,秦所长姓秦?秦副所长何等聪明,哪里听不出其间意思?笑了笑,反问说,所长姓岳?岳所长点点头说,不但姓岳,而且是岳飞正儿八经的后人,不是冤家不聚头啊。秦副所长也说,八百年前那桩公案不会影响咱俩合作吧?岳所长说,哪里会。

岳所长这人肚子里有货,虽主攻宋史,可三皇五帝,夏商周,都在脑子里装着。上任不久,秦副所长上门拜访,岳所长把他延至一室,沙发、茶几、陶壶、杯具,空空荡荡,别无他物。秦副所长问道,这间房是做什么的?岳所长说,书房。秦副所长又问,怎么没书?岳所长说,猜猜。秦说,过目不忘?诵罢即烧?一切都在脑子里装着?岳所长不置可否,转了话题,说起了所里的事。

秦副所长家在外地,常到岳家蹭饭,两个清素小菜,一壶烫热的小酒,吱吱地喝上一阵。饭后,两人坐进书房,品着茶谈天论地。既然搞宋史研究,自然绕不开风波亭那段公案,这一绕,便把两人的关系绕得有些微妙。终于有一天,围绕岳飞的死因打了一场口水仗。

话头是老岳挑起来的,老岳说,世间的事真是妙不可言,你呢,是秦桧后人,我呢是岳飞嫡传,可咱俩却坐在一起喝茶,放到八百年前,非把老祖宗气死不可。

小秦也感慨一声,说,其实呢,岳帅之死应该是高宗所为,我那老祖宗是替人背黑锅,当了一回替罪羊。老岳说,小秦,历史定案的事,咱就别翻烧饼了,否则,怎么会有"人自宋后羞名桧,我到坟前愧姓秦"那副对联呀。小秦当然知道,此联是乾隆状元秦大士所作。小秦说,那是秦大士为讨好天下人的应时之作,或者说,是个表态。你老岳想想,岳帅时任高官,又是抗金主帅,没有赵构指使,秦桧能杀得了岳飞?你注意那个细节没有?就是岳帅临死前夜,赵构亲往监牢探望?老岳说,注意到了,可毒酒却是秦桧所赐。小秦说,咱先把这个问题放下,讨论一下《满江红》。写这首词时岳飞三十三岁,已当上节度使。三十三岁当上节度使,显非常人,皇帝忌这个。那首词可谓激怀壮烈,成为千古绝唱,可岳帅根本没想赵构的皇位是怎么来的,假若不是徽、钦二宗被擒，九五之尊哪有他的份？如若岳帅直捣黄龙，迎回徽、钦二宗呢？赵构还有什么理由再坐龙椅？所以说，是一曲《满江红》杀了岳飞，换句话说，是岳飞自己杀了自己。秦桧不过是替人承担了骂名而已。

老岳摆摆手制止小秦，小秦却不管不顾，顺着自己的思路说下去：岳飞不好酒，不好色，不贪钱，不要官，人过于完美，容易被人误解，赵构不禁要想：那他要什么呢？

老岳竟有些无言以对，隔了许久，老岳说，该吃饭了，在这喝两杯？老岳是第一次这么让小秦，以前都是：中午在这吃啊，不容小秦推托的。小秦知道这是虚让了，人家巧让客，怎好当个热黏皮？便笑笑，说，算了，答应了朋友的饭局，就不在这儿吃了。

不久，老岳递了辞呈，请求辞去宋史研究所所长职务，在辞呈最后，他建议由小秦接替所长职务，提前到位。走那天，小秦抱着老岳哭了，说，岳所长，多来啊，好多事离不开你。老岳拍拍小秦肩膀，什么也没说，眼睛湿湿的，提了一个请求：能给我弄一套宋史吗？小秦说，你不是读过了吗？老岳说，我想再读读，再说，我家书房里也该有一部了。

古董

童总一进门就看到了那个瓷罐。瓷罐古香古色，做工精美，质感透明，阳光照在上面，折射出青幽幽的光亮。

　　每年新生入学,童总都要到农大406室来一趟,406室是童总的联系点。按照校方安排,入住此间宿舍的都是贫困生,他们的学费由童总全额资助。

　　童总拿起瓷罐,细细看了一遍,包括罐口、罐底、罐身,也包括上面惟妙惟肖的喜鹊登枝图案。看过,童总点点头,问道,这罐是谁的?董云飞跨前一步,谦恭地回答:是我的。童总仔细端详着这个略显腼腆的男生:衣服不太合身,上衣大,裤子短,显然是别人送的;肤色黑红,带有农村孩子特有的憨厚和淳朴。童总问他,你喝茶?董云飞说,不喝。这个罐是我爹让带来的,他说让装饭票菜票用。童总又问,第一次来省城吧,有什么困难没有?董云飞回答,没有,学费童总交了,生活费靠勤工俭学挣,学校已经安排好了。

　　童总走的时候,重又拿起青瓷罐,说,你这个瓷罐是个古董,能卖给我吗?董云飞笑了,说,不会,我爹说,这罐是他一个同学送他茶叶时带的,怎么会是古董呢?童总说,那是你爹的同学不识货,明明是乾隆年间的青花瓷嘛,胎纹细腻,手感温润。这样吧,我出5万怎么样?四年大学,你就不用再辛苦打工挣生活费了。

　　董云飞再次摇摇头,说不卖。

　　童总就问为什么?

　　董云飞说,这是我爹的心爱之物,我来上学时他送给了我,要我好好保管。我爹说,家里日子艰难,买不起车票来看我,想他了就看看这个瓷罐。我怎么能卖呢?

　　童总拍着董云飞的肩膀,赞许地点点头,说,难得你对你爹有这份情意,好好学习啊。

　　读完大学,董云飞应聘到一家合资公司,在省城扎下了根。春节回家,董云飞告诉爹,在省城工作得有省城人的样子,衣服不穿七匹狼,鞋子不穿耐克,就显得太寒酸,就会让人看不起。爹说,孩子,那你就穿七匹狼,穿耐克吧,咱不能让人看不起。

　　可……你身子不好,董云飞说,你老看病吃药都要用钱……

　　爹本来不舒服,在床上歪着,一听这话,马上跳下地甩甩胳膊,说,我这不是好好的嘛,你只管花你的,不用惦记家里。

其实董云飞心里很矛盾,也很内疚,娘死得早,爹辛辛苦苦把自己拉扯大,又供自己上大学,不往家里拿钱无论如何说不过去。可物质的力量太过强大,比亲情、比内疚大多了。

童总再次找到董云飞时是上午,董云飞正坐在租屋里发呆,专卖店新进了新款CPO,他看过两次了,可手头没钱。看到童总,他就想起了那个瓷罐。瓷罐撂在床边地下,和旧报纸、废纸箱堆在一起,尘土、油烟,以及纤维的绒毛,在罐身上结成一层厚厚的污垢。

董云飞叫了声童叔,让坐,沏茶,似乎是无意,拿起瓷罐擦拭起来。童总看着董云飞一身名牌,问了近来情况。董云飞抱怨,公司给的薪水太低,日子过得不像日子了。童总问他一月开多少?他说三千,不够用。童总从董云飞手里接过瓷罐,问他,现在,这个瓷罐你卖吗?董云飞激动得脸色发红,但他抑制着说,童总要是喜欢就送给你吧。童总说,君子岂能夺人之爱,你还是开个价吧。董云飞吭吭哧哧一阵,说,那就按当初童总说的价钱吧。

不,童总说,现在我只能出五千了。

五千就五千!董云飞应下了。

童总把钱数给董云飞,突然就把瓷罐高高举了起来,啪一声摔到地上。董云飞愕然一愣:你……你……

童总说,你知道当初我为什么要买你这个瓷罐吗?我是想一笔拿出你四年的生活费,资助你安安心心上完大学。可你当时没卖,是你心里装着父子情意。其实,这个瓷罐一文不值,因为它只是个普通的瓷罐。可今天我出五千买下了,我是在偿还当初你割舍不断的父子情意!

童总又说,这个瓷罐,其实是我从香港带回来的茶叶罐,连罐带茶叶十个港币,买来送给我几个要好的同学,其中就包括你的父亲!

谎言如诗

　　当两个戴着墨镜的武警出现在死囚室门口的时候,死囚便知道,他在这个世界上的时间不多了,剩下的时间要以小时、分钟来计算,死囚自己也清楚,这只能是他最后的结局。一命抵一命,古今皆然,天道如此。一切都是自己做下的,怨不得别人。

　　死刑是半月前宣布的。死囚没有上诉,因为没用,他唯一能做的,便是戴着脚镣待在牢室,等待生命的终结。死囚最后的愿望,是想见见他的儿子或者女儿。

　　负责看守死囚的警察中,有一个五十余岁的警察,姓丁,面相十分和蔼,说话不紧不慢,隔三岔五丢给死囚一支烟吸。死刑宣布的最后一天,死囚对丁警官说,政府,我是快死的人了,能不能麻烦个事儿?

　　什么事儿? 丁警官用疑惑的目光看着死囚,口气有些冰冷。

　　死囚说,是这么回事,按照预产期计算,我媳妇已经生了孩子,你能不能到我家去一趟,我想知道是男是女。

　　丁警官的脸色和缓下来,很认真地想着,没有回答死囚。

　　死囚给丁警官跪下了,脸上霎时布满泪水,他说,政府,我求你了,你就去一趟吧,因为我犯了罪,我媳妇气病了,还不知道咋样了……

　　好吧,丁警官说,我请示一下领导再说吧。

第二天刚一接班,丁警官就对死囚说,昨天我去了你家,你媳妇生了,是个女儿。

死囚很高兴,忙问,我女儿她漂亮吗?

漂亮。丁警官使劲咽了一口唾液,眼看着别处,说,脸很像你,眉眼像你媳妇儿。

死囚的眼里顿时闪出一抹奇异的光亮,很柔和,很慈祥,连声说,我当父亲了! 我当父亲了!

一阵激动之后,死囚复又颓然坐回床沿,神色黯然无光,喃喃说,可惜我看不到我女儿了……

丁警官叹了口气,说,还不都怪你!

等待死亡的最后时日,死囚活得相当充实,常常和看守的警官说起他的媳妇儿,说他小时候的旧事。有时一个人坐着想心事,想心事的时候,死囚落过泪,也偷偷笑过。丁警官明白,是女儿在支撑死囚的全部精神,换句话说,死囚在女儿的陪伴下度过了最后时光。

临刑前一天,死囚问丁警官:是明天?

是,明天。丁警官点点头,说,你还有什么要求吗?

死囚说,死前能不能让我见一下我的女儿?

丁警官摇摇头,这不允许。丁警官想了想又说,这样吧,到时候我让你媳妇儿抱着孩子送你上路,让她尽量离你近一些。

死囚已经很满足了。

死囚在满足中被去掉脚镣押上卡车。车子驶出监狱大门的时候,死囚被明晃晃的阳光刺痛了眼睛,他忍着痛,把眼睛睁大。他看到,在大门外的路边上,站着丁警官,以及和丁警官站在一起的他的媳妇儿,他媳妇儿怀里抱着用红色褥子包裹着的他的女儿。

卡车行进到他媳妇跟前,丁警官对驾驶员做了一个手势,汽车便停了一下。他媳妇儿把怀里的孩子朝上举起来。于是,死囚依稀看到了襁褓中的女儿,小脸粉嘟嘟,红扑扑的,像一朵这个季节里怒放的桃花。

死囚的视线被泪水模糊了。

死囚根本没想到，随着他的入狱，他的女儿已经胎死腹中，他媳妇怀里抱着的，是丁警官刚刚满月的孙女。

借火的人

下午，老师们要参加市里一个集体活动，我们初二全体放羊回家自学。走出学校大门，我拿肩膀扛扛坦克：去哪儿玩？植物园，还是森林公园？我一点都不想回家。

我不想回家是因为我没妈。我妈总嫌我爸没本事，当个破焊工，一月挣仨核桃俩枣，不能放开手脚花。为此，两人没少吵架，摔盘子打碗，日子过得破破碎碎的。终于，一个春暖花开的中午，过不惯清汤寡水日子的我妈，跟一个南方商人跑了，杳如黄鹤，无影无踪。没有女人的家是坟墓，清冷，孤寂，憋闷，回家干什么？

坦克也不想回家，坦克不想回家是他没爸。坦克的爸倒是很会挣钱，腋下常夹着个黑皮包，随便抓一把便是成千上万。钱多了坦克爸便不安分起来，甩下坦克他妈和胖墩墩的坦克，带着个黄头发小妞去了另一座城市。

坦克选择了城边上的植物园。

这天下午，我和坦克玩得天昏地暗，日月无光，真痛快！我们先是在树林里疯跑，在树木的缝隙间钻来钻去，玩出一身臭汗。而后爬上人工湖边的竹筏,坐在筏边上,把双脚伸进水里。初冬的冰水漫过脚脖,一下子浸到骨头缝里。我和坦克不由倒抽一口冷气,嘴里吸溜几下。可我们谁也没把冻得红彤彤的脚收回来,让它继续在水里泡着。这时候,似乎有什么东西被释放出来,漂进湖水深处。我说,冻死它! 坦克也说,对,冻死它!

指向茫然,不知是说脚,还是说我们自己。

天黑下来时,我们还赖在草地上不想起来,懒懒地躺着。我问坦克,想你爸不想? 坦克说想,想死了,可他不会回来了。坦克说时很惆怅,很失望。他接着问我,你想不想你妈? 我说想,可想也是白想,她待不了这个穷家。

我又问坦克,想不想抽烟? 坦克说想。我说,那我们就去弄盒烟抽抽。翻遍两个人的口袋,只有五块钱,坦克兜里两块,我三块,正好够买一盒红旗渠。我和坦克虽然只有十四岁,烟龄却一年有余了。买来烟,撕开封口,叼到嘴上,这才想起忘了买火。我把目光投向路边,植物园里的人早走了,大多数人正一家人坐在一起,吃饭,看电视,剩下我和坦克孤魂野鬼似的。

正在失望之际,我看到远处有个小小的亮点,明明灭灭,慢慢向我们这边移动。到了跟前,我腾地跳起来,说,哥们,借个火。那人停下脚步,把手里的香烟递给我,我把烟点上,美美地吸了一口,才把头抬起来,把烟还给那人。

那人缓缓伸出手,接过烟,看了我一会儿,又把目光投向一边的坦克,然后拍拍我的肩膀,说,哥们,吸完这支烟赶紧回家吧,啊。坦克反问,回家? 为什么要回家? 那人看着坦克说,因为你爸在家等着你。这么晚了不回去,他会着急的。坦克说,我没爸!

那么,那人说,你有妈妈吗? 她在家等着你呢。

坦克还要说什么,我碰了碰他的胳膊,不让他再说下去。

那人走远了,脚步很重,有一种沉甸甸的感觉,一下一下砸在我心上,慢慢地,走出了我和坦克的视野。

我把手里冒着青烟的红旗渠掐灭,扔到地上,说坦克:把烟掐了,回家!

坦克看看我,又低头看看手里大半截香烟,满不在乎地猛吸一口,说,着什么急呀,烟还没吸完呢。

我恼怒地冲坦克发起火来,我说,掐灭!听到没有?见坦克还在吸,我冲过去,一把把烟从坦克嘴上拔下来,拿脚碾成黄色的粉末。

坦克没见过我发这么大的火,一头雾水地问,干吗呢你!

我说,我爸在家等着我呢。

坦克笑了,说,你又不是千里眼,怎么知道。

我有一种想哭的感觉,哽咽几下,又咽了回去。我说,你知道刚才借火的人是谁吗?

坦克说不知道。

我说,是我爸。

1981 年的妹妹

当初嫁到乡下是妹妹自己的选择。那个叫做刘晨的乡下小男孩,不知施了什么魔法,把如花似玉的妹妹弄得五迷三道、神魂颠倒,非嫁给他不可。

那个叫刘晨的小男孩我见过,高二放假,妹妹把他领到家,说刘晨离家远,把行李寄存到这儿,免得来回背。爸妈都上班去了,我大学毕业正待在家里。小伙子模样不错,圆脸,高鼻,大眼,粗硬的寸发根根直立,针一样竖着。只是脸太黑,像是刚从煤窑里上来。

行李放好,妹妹把刘晨叫进她的闺房,咕咕哝哝说了会话才走。我问妹妹,谈上了?妹妹轻淡地一笑,说,草木皆兵!和妈一个腔调,哪有上学谈恋爱的。妹妹说时平静如水，不带一点慌张。

妹妹和刘晨是如何走到一起的，不得而知。我问过妹妹，她不说。我想，也许是双双高考落榜，同病相怜一时冲动，也许是在校时已经谈上。高考冲刺压力大，寻求刺激减压也未可知。

1981年5月的一天，妹妹对全家宣布要嫁给刘晨的决定。爸从沙发上一蹦三尺高，说，你要敢嫁到乡下，我就不认你这个女儿！妈说，你也二十岁的人了，咋那么不懂事呢，不憨不傻，不瘫不瞎，为啥非要嫁到乡下去？你以为背着太阳锄地、割麦是啥好滋味？我说，男怕入错行，女怕嫁错郎，你这一步迈出去，再回头可就难了。她说，我为什么要回头？你怎么知道我要回头？

我理解爸妈，不管怎么说，爸爸是机关干部，妈妈是小学教师，妹妹又是花一样的美人，上门说亲的不断线，爸妈都以孩子还小推掉了。现在，却要嫁到乡下去，让他们脸往哪儿搁？

妹妹毅然披上嫁衣，嫁给了乡下小子刘晨。

结婚那天，接亲的婚车是一辆擦得锃亮的四轮拖拉机，前杠上绑条红绸子，车头上扎朵红艳艳的纸花。拖拉机停在我家巷子口，刘晨没有上楼，站在巷口探头探脑，等着我妹妹。

妹妹仍是平常那身衣服，洗得干干净净，熨得平平展展，倒也合身合体，整洁利落。小妮子站在父母卧室门口，大约是想和爸妈说声再见，毕竟是结婚离家，想听一声老人的祝福。可我爸就是不出来，坐在卧室里一根接一根抽烟，嘴上起了一圈燎泡。我妈也没出来，我妈本来要出来的，姑娘出嫁，马上成了别家的媳妇，好多话要嘱咐的。妈刚要开门，我爸一个眼神甩过来，妈便不动了。妹妹在客厅站了足有二十分钟。当期待成为泡影之后，妹妹对着爸妈的卧室鞠了三个躬，毅然出了家门。妹妹走得很慢很慢，像灌了两腿铅。听到门锁咔吧的响声，我妈我爸同时颤了一下，眼泪唰地下来了。

我把妹妹送下楼。外面飘着小雪花，轻轻柔柔的，把大地涂抹成轻淡的白色。

给故事续个结尾　第一辑

婚后,妹妹隔段时间回来一趟,带点新鲜豆角,水嫩南瓜,沾着露水珠的菠菜。来了,在我家对面小卖部打个电话,要我下楼拿。我要拉她回家,她不去,说,算了,气着爸怎么办?

看样子,妹妹的日子并不宽裕,可她沉稳、平静,笑容里有一种安贫若素的满足。她说,日子嘛,自己觉着好便是好,像穿鞋,合不合脚自己最清楚。

那年春节,我妈做了糖醋鱼,端到桌上,妈说,小妹最喜欢吃这个。爸便把筷子放下了,愣愣地坐着发呆。妈说,你吃鱼呀。爸说,吃吃。可他没动筷子。妈说,好好的我提那死妮子干啥,惹你不高兴。爸说,咋会怨你呢,咋会怨你呢。

没多久,我爸突然得了一种怪病,腿软手麻,浑身上下没一点力气。医院查过,查不出什么病。妹妹心急火燎地来了,大冬天急出一头汗。她坐在爸的床边,握住爸的手,来来回回搓。我爸的泪一嘟噜一串流下来,前襟都滴湿了。爸问妹妹:怪爸不?妹妹摇摇头,说不怪,当父母的没有坑自家儿女的,你还不是怕我到乡下吃苦受罪。

妹妹一再要求,要接我爸到她家住,说是换个环境会好点。两个月后,我去看爸,妹妹正坐在院子里给爸搓脚,一双脚搓得通红,爸笑着直喊痒,像个孩子。爸说,我说大妹,你可没你妹妹孝顺啊。我说是,可你差点把贴心小棉袄扔了呢。身子好了,咱回城去?爸往后仄仄身子,说,回什么回呀,我住到小妹这儿不走了。

妹妹还是那样子,慢条斯理,宠辱不惊,淡淡一笑,说,我把咱爸霸下了啊。

A 角和 B 角

一个剧团,没有名角不行,一群名不见经传的演员在场上唱得再热闹,也没多少人愿意看;可名角多了也不行,一山不容二虎,一个木槽拴不住俩叫驴,难免你争我斗,相持不下,戏照样不好唱。

西山县剧团属于后一种情况。

团里有两个名角,一个是张艳梅,一个是刘艳红,两个人都是科班出身,一同从省戏校毕业,一同分到团里,唱念做打,样样拿得起放得下,台口一声叫板,珠润玉圆,响彻云霄。两人的扮相也没啥说的,台子上扭一圈回到后台,戏衣一脱,抖下一地眼珠子。

张艳梅偏瘦,细高挑,不是太爱说话,显得不大合群。小姐妹到了一起,议论名牌、发型、养颜、化妆,热闹得铁锅滚油一般,热气冒泡往上蹿。张艳梅静静坐在一边,不接腔不搭话,最多抿嘴笑笑。可一上了台,张艳梅立马变了个人,花旦、泼旦、闺门旦,演啥像啥。刘艳红和张艳梅恰恰相反,长得精巧细致,小模样挺招人喜欢。见了同事,像见了姥姥亲舅似的,小嘴张成花骨朵,来一句冯巩的套话:我想死你们了! 刘艳红的戏当然唱得也好,和张艳梅不相上下。

每次分角,团长本来就不多的头发,又要挠下来一大绺。A 角和 B 角区别大了,A 角的收获是鲜花和掌声,额外还有一个红包。B 角呢,只能坐在

幕后暗影里,看别人风光。

今年,参加省戏曲大赛,团里排的是《樊梨花征西》。张艳梅和刘艳红都是"樊梨花",可又不能同时上,总要分个A角B角出来。团长苦思冥想,又揪下一把头发后,突发奇想:体育比赛不都是三局两胜、五局三胜吗?何不把这种机制引入剧团,先在西山县试演三场,两人各当一场A角,最后一场,一人半场,然后让全团人员投票决定,谁上谁下大家说了算。

试演两场,两个人都拿出看家本事,把个樊梨花演得气吞山河,气象万千,英气逼人却又不失柔媚温婉。那掌声,海浪一样,哗一阵,哗又一阵,大幕拉上,观众还傻子似的赖在台下不走。

最后一场,先上场的是张艳梅,表演完美无缺,赢得阵阵喝彩。中途布景换幕,轮到刘艳红上场。刘艳红把张艳梅的胳膊拉住了,说,张姐,我怎么嗓子发紧,有点紧张呢?张艳梅说,你又不是头一次上场,紧张什么?刘艳红说,我也不知道,反正就是紧张。你帮我看看,哪个地方还没收拾好。张艳梅一看,脸霎时白了,说,艳红啊,你怎么搞的,这都什么时候了,靴子怎么没换?

刘艳红也急了,说,快快,把我的靴子拿来,帮我穿上,要不就误场了。

张艳梅连忙找来靴子,亲手替刘艳红穿上,在她背上轻轻拍了两下,缓解她的紧张情绪。

刘艳红一上场果真把戏唱砸了,上台没几步,一屁股蹲摔到台子中央。大幕赶忙拉上,大家围过去,看看发生了什么事。刘艳红脱下靴子,里面竟有一块尖锐的三角形石子!靴底被鲜血染得通红。刘艳红看了一眼张艳梅,什么也不说,小声哭了起来。张艳梅结结巴巴说,不……不……是我……真的不是我啊……

下半场仍是张艳梅上场,代替刘艳红。

演出结束,收拾戏箱时,有人说,争角也不是这种争法,这种下贱手段也能使出来!还有人说,不就是个角吗?不就是个红包吗?同窗之谊也不念了!

倒是刘艳红息事宁人，她说，算了，算了，事情已经过去了，还提这个干吗？张姐不是那种人！也许小石子是自己掉进去的呢。

省里戏曲比赛，刘艳红上了 A 角，张艳梅成了 B 角，演出大获成功，拿了个一等奖。团里设宴庆功，滴酒不沾的张艳梅一句话不说，拿大杯猛灌自己，喝多了就哭，说，不是我，真不是我呀……

不久，张艳梅自己要求调走，调到酱菜厂当了包装工，整天坐在工作台前，包那酸咸麻辣的酱菜。

数年后剧团散伙，四十岁的刘艳梅酒喝多了，才吐露真言，说，我这辈子最对不起的是艳梅姐，那枚石子，是我自己放进靴子的，它伤了我的脚，却伤了艳梅姐的心哪。

步伐的风度
Bu fa De feng du

第二辑

步伐的风度

　　队员们不忿,就要上前理论,被步伐拦下,说,算了,算了,有点风度好不好,只要技术过硬,还在乎在哪个场地练球?

　　这就是步伐的风度。

白天和夜晚 🍃

白天

　　她左手提着小铁桶，右手拿着刷子，在县委、县政府、市政广场那几条街道上转悠。铁桶是用 0.75 的铁皮敲成的，不大，小巧玲珑而又精致非常。她细碎的脚步走动的时候，铁桶里的涂料便发出哗哗啦啦的声响。在市政广场中央的雕塑前，她停下了脚步。这是一尊名为《母亲》的雕塑，端庄慈爱的母亲袒露着丰腴的乳房在给孩子喂奶。现在，母亲的胸脯上被喷上一条办证的手机号码。那一长串号码像黑色的锁链横亘在两个乳房之间，胡喷者匠心独运，用最后那个零套住了母亲右边的乳头，显得刺目而又张扬。

　　她脸红了一下，暗地里骂了声"不是东西"。刷子在桶里蘸上涂料，用浓稠的乳白压住了那一长串手机号码。她知道，要不了多久，这种特制的涂料便会和"母亲"融为一个整体，看不出什么了。

　　今天，她已转了八条街，覆盖了近百条这样的小广告。这是她分管的地段。主管局长不止一次告诫过她，县委、县政府和市政广场是人群密集的地方，如果有一条小广告没被刷掉，她将被扣去当天的工资。她不想挨扣，那二十块钱不是工资，是母亲的医药费，是她的房租，是菜钱，米粮钱。

　　八条街刷下来，街灯也就亮了，城里人享受过热腾腾的饭菜，坐在电视机前欣赏电视节目时,她提着小铁桶,拖着疲惫的身子回了租屋。瓶里的开水是早上灌的,泡出来的方便面半软不硬,大口吞咽下去,腿一伸,躺倒睡了。睡前她还忘不了骂一阵那些胡喷们:这些人,应该逮住一个枪毙一个!

夜晚

草草吃过晚饭,他站在马路边看城里女人。看到接近十一点,街上渐渐没了人,他知道自己该出动了。从床下拿出喷壶,灌满了墨色的化学溶液。这是他赖以挣钱的全部装备,从喷壶小嘴里喷出的线状液体,涂到墙上,两毛钱就到手了。他一晚上可以喷一百条小广告,可以挣到二十块钱。他往喷壶里加足了气,按动手柄,试过喷射力,满意地笑了。按照老板分工,他的活动区域是县委、县政府和市政广场一带。

这碗饭他已吃了两年,练得技艺娴熟,动作轻灵,手过之处,一条条小广告便蛇一样附着在墙上。他专拣白天刷过的地方喷,那地方白,醒目,招人眼球。喷一条,他在心里默念一声两毛,再喷一条,再念一声两毛。当夜任务完成,他对着墙上的杰作偷偷笑了,他想,够那个提着小桶疲于奔命的傻娘们忙一阵子了。我喷你盖,你盖我喷,两人像在玩游戏,一种旷日持久无休无止的游戏。

她和他终于见面了。

那天晚上,下班后啃了两个剩馒头,喝下去一肚子冷水。十一点多点,她肚子疼得厉害,强撑着到附近的小诊所拿药。路过市政广场,她看到了正胡喷得起劲的他,她大吼一声扑过去,一把抓住他的领口说,走,跟我到派出所!他扭回头,笑了,暗夜里露出一口洁白整齐的牙齿。他说,是你?她一愣,说,我不认识你。他说,可我认识你,清除小广告的。她仍余怒未息,说,你们这些人也太不讲公德了,害得我们……他截断她,说,害你?你不要弄错了,是我们给了你饭吃。他接着问,你家有电脑吗?她说没有,我个临时工哪来的电脑?他说,你想想啊,如果没有电脑病毒,那些研究防毒软件的

人吃什么？

不知怎么的，两个人就谈上了恋爱，搬到一起去住。这是一对十分奇特的组合：一个上夜班，一个上白班，一个晚上胡喷，一个白天去刷。

日子慢悠悠地过着，慢悠悠之中，他就病倒了，吊了三天水，又吃了三天药才见轻，可他还是浑身无力，干不了活。

陡然间县城亮丽起来了，亮丽的县城便不再需要她了。辞退她的那天晚上，她很伤心，她不知道还能不能找到工作。他抚着她的肩膀，安慰她说，别怕，我会让你上班的。说着，他从床下拿出喷壶上街去了。

第二天中午，城管找到她的租屋，说，你现在就去上班，还负责县委、县政府和市政广场那一块。

黑锅

小麦家的红公鸡丢了，一大早小麦打开鸡窝，那只红公鸡率先钻出鸡窝，拍打着翅膀飞上墙头，撒过欢，落在榆树下的阴凉里，叨食着一颗颗肥大的榆钱。可到了傍晚，鸡子该续窝了，那只红公鸡却没影了。小麦和朝晖两口子分头在房前、屋后、路沟里寻找，当两口子在家门口重新会合时，摇着头叹了口气。

这只公鸡是两口子的宝贝，火红火红的不带一点杂色，脖颈那儿有一圈金黄的毛羽，像戴了个金色的项圈。红公鸡的叫声也很特别，纯净、清脆、嘹亮,那声咯咯咯,先高后低,中间拐个弯,然后长声扬起,有点女高音的味道。

红公鸡丢了,夫妻俩的生活便少了许多乐趣。晚上躺在床上,两口子唉声叹气一番。小麦说,你说,咱家的公鸡咋就丢了呢? 朝晖说,可能让黄鼠狼拉走了。小麦说,不像,要是野物吃了,总得留下点鸡毛啥的。朝晖说,还有一种可能,那就是被人捉去吃了。小麦挺身坐起,说,瞧我这脑子,咋没想到这一层呢。两口子把村里人过了一遍筛子。张三? 不像,张三家有钱,想吃鸡子,人家会到烧鸡店去买,啥样烧鸡没有? 李四? 也不像,李四家虽不宽裕,可家里喂着十来只鸡子,想吃了杀一只,犯不着去偷。最后,两口子把焦点集中到王五身上。王五是村里有名的穷汉,因为穷,老婆跟一个收药材的外乡人跑了,一去十年没有踪影。王五心凉了,地也不好好侍弄,收下的粮食仅仅够填饱肚子。

王五有最大的嫌疑。

吃鸡子要煮要炖,煮了炖了就会有香味飘出来,正好抓个现行。两口子半夜起身,偷偷趔趄摸到王五家附近。王五已经睡了,屋里黑洞洞的不见一星灯光,隔着破窗户,能听见王五粗重的鼻鼾,长一声短一声的。

不过,两口子还是断定,红公鸡是被王五偷了,怕露馅,今天没煮没炖。

第二天一早,小麦扪个荆篮,装作到地里拔草,路过王五门前,小麦在一块石头上坐下,清清嗓子,骂起阵来。小麦说,我家红公鸡被人逮去吃了,谁吃了让他口舌长疔疮,让他拉肚子。小麦性子绵,不惯骂人,骂声显得有气无力,只是比往常说话声音大了点而已,而且脸还红着。不大一会儿,王五家门口便围了不少人,小麦这种叫阵就大有深意了,有所指了,不然,咋没到别的地方骂?

王五出来了,披着件上衣,趿拉着解放鞋。王五问小麦,出了啥事? 咋都跑到我家来了? 小麦说,我家红公鸡让人吃了。王五说,你家公鸡让人吃了,跑到我这儿骂啥? 小麦说,不吃盐不发渴,我骂偷鸡子的贼,你吃啥热呢? 王五说,你这是怀疑我了? 小麦说,谁吃谁知道! 小麦又把刚才骂人的话重复了一遍便草草收场。

下午三点多,二嫂匆匆跑到小麦家,说,应了!应了!小麦就问啥应了?二嫂说,我不是头疼吗,去村卫生所拿药,正碰上王五也去看病,你猜咋了?他真拉肚子呢,人软得像根面条。

小麦却高兴不起来,二嫂一走,小麦对朝晖说,都是你,叫我骂人家咒人家,咒得王五真拉肚子了,看这事乔得!朝晖脸上木木的,没说话。小麦说,不就一只鸡子吗?值几个,丢了咱再养,总比人家害病强吧。朝晖说,病都骂出来了,你说咋办?小麦说,拉肚子这病我有经验,光吃药不行,甜汤里打鸡蛋,最补肚子。小麦进了厨房,搅了一大碗甜汤,磕进去两个鸡蛋,端给朝晖,说,事儿是你让惹的,你得送去。朝晖很不情愿,小麦就把脸挂起来,说,你不去我也不逼你,今天晚上你睡沙发啊。朝晖忙说,我去,我去。

王五也是有个性的人,小麦骂了他,让他很没面子,窝了一肚子火,我是穷,可我有脸皮,你小麦咋能这样呢?虽没直说是我偷了你家公鸡,可站在门口骂,和指名道姓有啥区别?王五越想越气,中午也没做饭,吃了一碗昨天的剩饭,把肚子吃坏了。可他没有想到,朝晖竟送来一碗鸡蛋甜汤。

王五在小山洼地里找到那只红公鸡,公鸡被野藤缠住脚了。王五一阵狂喜,亮起巴掌,对着红公鸡虚挥一掌,说,我打死你个小东西,让老子挨骂背黑锅。

王五把红公鸡送到朝晖家,小麦接了,说朝晖,还不让五哥去屋里坐?小麦还说,今天五哥别走了,我给炒几个菜,你哥俩喝二两。菜端上桌,瓷盆里盛着的却是那只红公鸡。王五说,小麦,你……你……小麦说,你啥呢,不就一只鸡子嘛,比人的情义还要紧?

斑马预言

　　上高三的时候,我们班有两个人最值得关注,一个是学习最好的王家山,一个是学习最差的林大勇,天差地别,被大家称为南北两极。在老师眼里,林大勇简直是一段不可造就的糟木头,不能做家具,不能盖房屋,填到灶膛里光冒烟不起火。不知他脑子里缺了哪根弦,一上数学课就晕菜,一道傻子也做得出来的数学题,他就是转不过弯,趴在桌上演来算去,得出个离题千里的答案。

　　我们班主任姓马,教我们数学。老头瘦瘦的,平时喜欢穿一件蓝白相间的海魂衫,我们暗地里叫他斑马。我们知道给老师起外号不好,可这外号太形象,太逼真,不舍得随便扔掉。

　　林大勇最头痛数学课。斑马最头痛林大勇。斑马教学相当严谨,四十五分钟一节课,在外班,他能讲四十四分钟。到了我们班,他总要留下六分钟时间,给林大勇开小灶。斑马说,大勇啊,你就不能像王家山那样开点窍,把数学成绩往前赶赶? 多少也给你爹你娘争点气。斑马又说,大勇啊,这次数学段考,你可只拿了四十分呀,看人家王家山,满分,满分呀林大勇! 斑马还说,大勇啊,王家山将来是不用发愁的,大学毕业什么都有了,可你呢? 将来怎么办?

　　斑马说时,无论表情和感情都相当真挚诚恳,颇有恨铁不成钢的无奈。

斑马预言,林大勇将来必然一事无成,在街上摆个菜摊,吆喝着卖他的萝卜白菜。

逢到斑马敲打,林大勇一声不吭,拿书把脸挡了,羞怕而又驯顺。可我知道,林大勇心里不服,嘴里不说罢了。书本挡着的嘴一张一翕,嘟嘟囔囔不停,从口形发音形态分析,应是"斑马"两个字,恶狠狠的。他恨马老师。

可林大勇并非一无是处,他篮球打得好,三两个人把不住,上篮时三跨两迈地就从人缝里钻了过去,把皮球投进篮筐。林大勇作文也写得不错,常被语文老师拿来当范文读。

斑马预言的破灭是在十年以后。我们那届学生考上大学的不少,当然不包括林大勇。高中毕业,林大勇进了一家工厂,在工会当个无所事事的干事。大约占了会写文章的光,借调到人事局,三混两混,竟成了局长。而让斑马引以为豪的班长王家山混得最差。

王家山虽是高才生,可他所在的那家企业不行,半死不活,工资一欠就是半年。王家山没在一棵树上吊死,停薪留职干起了个体。

今年春天,林大勇突然通知我们要搞个同学聚会。他在电话里说,现在社会上兴这个,战友联谊会、同乡会、行业协会风起云涌,我们他娘的为什么不搞个同学会?平时没事算是在一起乐和,一旦有事,相互之间也好有个照应。

大家想想也是。

聚会是在县城一家有名的大饭店举行,林大勇做东。酒当然是好酒,菜也是好菜。安排座位时,林大勇把斑马挽到上座,然后拉着王家山坐到他身边,从入席那刻起,就没松过王家山的手。对斑马也是毕恭毕敬,知道老师上了年纪不能喝白酒,还特意要了一瓶干红。

酒酣耳热,林大勇搂住了王家山的脖子,说,马老师,你现在还能不能回忆起学校的事?对于您的教诲我可是一日不敢忘呀。我们这才明白,林大勇今天设下的是鸿门宴,要扇斑马的脸了。斑马说,当然记得,我说过的话自然不会忘记。不错,你现在当了局长,手握重权,也算是你们这届学生的佼佼者,可我还是要说,老师看人从来不走眼！接着斑马又莫名其妙地问了一句:如果我没记错的话,你今年才三十岁吧?

那次聚会没多长时间,林大勇就进去了。服刑期间老婆和他离了,孩子成了别人的。斑马每年都去看他,见了面,林大勇喊了声"马老师"便哭了,再也说不出话来。

出狱以后,无家可归的林大勇经马老师说合进了王家山的企业。马老师也在王家山的厂里,帮他料理一些杂务,每月多挣几个银角子补贴家用。对于过去的事,王家山不提,斑马也不提。林大勇哭着抓住马老师的手,说,现在,我知道锅是铁打的了……

步伐的风度

步伐是个有风度的人,这是大家公认的。步伐的脸是圆的,似乎没什么棱角,流线体一般柔和圆润。步伐长相最具特色的是他那双眼睛,不怎么黑,也不怎么亮,却很清澈,透着女性的柔和与亲切。步伐刚刚退居二线,市老年门球队便请他出任教练,队员大多是六七十岁的老头老太太,退休了,没事了,夹根门球杆出来,想再玩出第二青春。老年人天天腻在一块,打球,聊天,比闷在家里强多了。

步伐的风度表现在多个方面。既然是球队,比赛当然少不了,在本市打比赛,也到外市外省打比赛,河南荥阳的"黄河杯六省门球赛"、河北邯郸的

"长城杯邀请赛"、湖北武汉的"长江杯竞霸赛"都少不了步伐这支门球队。不管输球赢球,步伐脸上始终挂着一抹从容的笑意,女排教练陈忠和似的。遇到该赢而没有赢,不该输却输了,坐在教练席上的步伐,至多皱几下眉头,却又转瞬即逝,马上舒展开来。打完比赛,步伐快步上场,微笑着和裁判握手,微笑着和对方球队的教练握手,然后双臂高高举起,朝在场观众挥动,大人物似的。一次,步伐率队到太原参加联赛,按照主办方安排,练习场地事先已经分好,他们队分在灯光球场,也是此次联赛的主场地。可步伐一行到达时,场地却被别省球队捷足先登,给占了。队员们不忿,就要上前理论,被步伐拦下,说,算了,算了,有点风度好不好,只要技术过硬,还在乎在哪个场地练球?

这就是步伐的风度。

据说——凡没亲身经历的事都可以称为据说——老同学王成显对步伐的风度颇为怀疑,他根本不相信,步伐的风度真会达到如此地步,定力之强,竟至百毒不侵?于是,王成显邀集一帮子高中同学,声明要请客。步伐也在被邀之列。王成显把大家带到颇为有名的"味为先"。王成显说,今天我做东,老同学们想吃什么就点什么,拣贵的点。酒呢,也挑好的,茅台、五粮液都行,别给我省啊。说着,从包里抽出一沓子大钞,在手心里连着摔打几下。

王成显做石材生意有些年头了,手里当然不缺钞票,儿子一个婚礼下来就花了上百万,财大气粗在情理之中。

负责点菜的同学手下留情,菜没点最贵的,酒也没点茅台、五粮液,选择中等偏上水平。酒宴即将结束,王成显却喝多了,一边往桌子底下出溜,一边说,醉也,醉也。之后便躺在地板上呼呼大睡起来。步伐见状,打个响指招来服务员,说,埋单。拍过去1600块钱。步伐刚刚把账结完,一回头,却见王成显笑眯眯地坐在凳子上,朝步伐挤眉弄眼。步伐大度一笑,说,你家伙捉我冤大头啊。大家也都跟着笑。王成显说,我真服你老兄了,走,大家捏脚去。

终于有一天,步伐失去了风度,这事还和王成显有关。那天下雨,一开始渐渐沥沥的,下得有紧没慢。步伐没事,在王成显家下棋。两人临窗而坐,望得见外面明亮的雨丝在空中飘来甩去。两个人车马相士、你来我往，杀了个天昏地暗。很快，王成显被步伐将了一军，陷入长思。不知不觉，雨越下越大，雨丝变成了雨点，落在地上，啪啪啦啦作响。这时，王成显81岁的老妈从外边买菜回来，出现在小区门口。老人没带雨伞，衣服淋得透透的，雨水顺着稀疏的白发往下流。步伐拿手捅捅王成显，说，快快，给大妈送个伞去！王成显眼睛没离棋盘，慢条斯理说，不就三二十米嘛，快走几步就到家了。正说着，老人脚下一滑，摔倒在地下积水中。步伐捏起一枚黑卒，啪一声摔到棋盘上，狠狠骂了一声：王成显，你浑蛋！从茶几边抓起雨伞，跑了出去。

步伐把老人搀回家里，让进房间去换衣服。王成显仍在原地没动窝，还在思考如何破解那步棋。步伐说，姓王的，自今日始，咱两个的交情完了，我不再认你这个朋友，你也别再认识我。王成显说，咋了这是，我哪里得罪你了？步伐冷笑一声，说，一个无视母亲淋雨的人，还做什么朋友？

这是步伐54岁以前的唯一一次失态，也是最没风度的一次。此事传开以后，朋友和同学都说，别说是步伐，碰到这种事，谁都一样，都会失态。

眼睛

超市小得不能再小了，只有三间房子，里面摆满了货架，门口放着一张木质单桌，上面放着计算器。这便是收银员的位置。超市临近一所小学，生意就出奇的好。

没事的时候,我爱到那个超市去转悠,也不买什么东西,可就是想去转,在琳琅满目的货架之间,不是看货物,而是看收银员姑娘。天地良心,我不是什么好色之徒,是收银员实在长得太美了。她收银时按动计算器的时候,那好看的指头便翘成兰花形状,美不胜收,美得让人心尖打战。最好看的应该是她那双眼睛,清澈透亮,有着包容一切的阔大无垠。

超市里经常涌满了附近的学生,在货架之间穿梭往来,挑选各自喜欢的东西,气氛安详而平静。当然,既是公众场所,自然也免不了有些不和谐的音符。

这天,我注意到一个十来岁的男孩,他在超市里转了许久,从这排货架转到那排货架,半小时后,他走了出来,紧紧地握着语文课本。

孩子走过了收银台。

孩子走到了门口。

这时老板把他叫住了,老板说,请把你手里的书打开!

孩子吓了一跳,脸色马上白了起来,把书紧紧地抱在怀里,向后倒退一步。

打开! 老板一声断喝,从男孩手里夺走了课本,捏着书脊,从课本中间抖出一支圆珠笔。

老板说,想不到你小小年纪就学会偷了,长大了还不知道会变成什么样子呢。掏钱吧,掏双倍的价钱买走。

这时收银员说话了,她说,老板,你弄错了,这支笔是这孩子买下的。

老板说,他交钱了吗? 我怎么没见他交钱呢?

喏,在这儿。她指着桌角的一枚硬币,说,他刚放这儿的,我还没有来得及收起来。

这时候,恰巧一缕阳光从门口斜射进来,照在那枚硬币上,那枚硬币顿时变得生动起来,闪射出耀眼的银色光亮,亮闪闪的。

下班的时候,我等在超市门外,等着一脸疲惫的收银员出来。我说,我们可以谈谈吗? 她警惕地看着我,问,谈什么?

我说,谈那枚硬币。我亲眼看到是你从口袋里掏出来放到桌上的。你为什么要这样？

她说，你想让我怎样？当场揭发他？你知道可能的后果吗？

我点了点头。

她又说，人都会犯错误，只要不是不可饶恕的错误，我们应该想办法为他遮掩。这对你是一种美德，对他则是拯救。更何况，他还是个孩子，是因为年幼无知而犯下的错误。

我明白了。我说。

她说，你还没有完全明白。那是个从来不偷东西的孩子，而且他急于有一支圆珠笔。

你怎么知道？

他的眼睛。

我笑了，我说，那么你看看我的眼睛里有些什么。

她说，对不起先生，我有男朋友了。

大干部四爷

四爷是大干部，大得能管住市长、书记。

四爷是一村人的骄傲，与外人说话，必要提及四爷，不提四爷，仿佛便遗忘了最最重要的内容。俺四爷咋的，俺四爷咋的咋的……那份热乎劲儿，似乎一村人都成了四爷的嫡子嫡孙。

其实，自从四爷闹革命出走，再没回来过。村人见到四爷，是在四爷得了疯病以后。

这年过了清明节，县上告知村支书：你们的四爷得了疯病，闹着要回村里住，给他安排好，老头子革命一辈子，不能有丝毫慢待。

疯了的四爷几乎和常人一样，不吵不闹，不喊不叫，吃喝拉撒，极其正常。只是不说话。鸡叫二遍，四爷准时起床，掂了紫竹拐杖出门，晃着满头银发，慢慢地融入清晨湿漉漉的原野。

这天，四爷在村里转了一圈，径直走进支书家。支书一家正吃饭，见了四爷，忙撂下饭碗，给四爷搬凳让座。四爷摇摇头："孬蛋，你赶紧给我盖所新学校。"

盖学校？

盖学校！四爷说得斩钉截铁，现在的校舍能盛孩子吗？

学校是太破旧了，四壁裂缝，屋顶露天。支书早就考虑要盖新学校，可钱呢？

支书说，四爷，咱没钱哪……

"啪"一声，那根紫竹拐杖落到支书头上，极其清脆悦耳。四爷说，我不管，你屙钱也得把学校给我盖起来！

无奈，支书找县长汇报。县长沉吟半天：老头子有疯病，要是不答应，那根紫竹拐杖说不定也会敲到自己头上。疼倒不说，丢人现眼划不来。于是，县长当面答复支书：盖吧，我给钱。

学校盖成了，三层小楼，气魄，漂亮。搬迁那天，四爷拄着拐杖笑了。村里人说：别看四爷有病，还真办事哩。

四爷回乡不足三年，为村里办成两件大事。盖学校是其一。接着，那根紫竹拐杖又在交通局敲回来二百米的柏油路面，把村子和大公路连起来，乡亲们不再吃土末，不再踩泥泞。

这年仲秋，刚刚过罢八月十五，省里派来一辆明光锃亮的奥迪接走了四爷，说是有个专家能治四爷这种病，让四爷去试试。两个月后，一个好端端的四爷回到村里。自此,市里的、县里的头头脑脑,常来请示什么,或汇报什么,或不请示不汇报专门来看四爷。四爷屋里的灯光,总要亮到更深夜静。

农历十一月,村里草酸厂建成,由于流动资金短缺,购不来原料,无法投产。

支书去找四爷。

四爷正忙着,桌子上摊着几份红头文件,老人家手里攥根粗大的红蓝铅笔,往文件上画杠杠。

不知咋回事,四爷病好以后,支书便有些怕四爷,他总感到,突然间四爷身上生出一种气度,一股自然而然的威严,原来的亲切随便风吹云散了。支书有时想,老头子要是一直病着多好。

四爷起身续水,发现了门口站着的支书,客气地让座、递烟,喊着支书的小名问:"孬蛋,有事?"

支书支支吾吾说了求四爷帮忙贷款的事,四爷脸色马上严肃起来,拿铅笔敲着红头文件,说,这不,中央下文了,要紧缩银根呢。四爷停停又说,要说,这点忙是该帮的,发展农村经济嘛……不过,上级有规定,我再出头,恐怕不合适吧?

支书急了,忙说,四爷,咱草酸厂投资几百万了,可都是乡亲们饭碗里省出来的钱哪,你忍心看着半途而废……四爷,我给您老跪下了……

别这样,别这样,四爷扶起支书,说,这样吧,明天我正好到省里参加会议,路过县里,我给他们提提。

支书转忧为喜,只要四爷张口提提,还不跟落蒙蒙雨下圣旨一样?谁敢驳老头子的面子?

次日,四爷要通电话,坐车走了。

半个月过去了,四爷的会还没开完,也没半点消息。支书急了,跑到县里去问,才知道四爷在省城任职了,不回村里了。

还是四爷疯的时候好。支书想。

诞生

上午九时,年轻的中尉接到指导员打来的电话。

其时,中尉正在妇幼保健院忙乎,妻子的预产期是今天。一大早,中尉把妻子送进医院,挂号,检查,办理住院手续,一套烦琐而又必不可少的程序做完,中尉才擦擦额上的汗水,在妻子床边坐了下来。望着妻子高高隆起的肚子,中尉和妻子相视一笑,极是幸福。婚后两年,小夫妻天南海北的,很少能这么轻松愉快地守在一起,每次探家都像掏火,床笫还没暖热,又得匆忙上路。

这次,中尉和指导员调换了休假时间,回家侍候生产的妻子。他要谛听儿子来到这个世界的第一声啼哭,要让儿子第一眼看到他这个当消防兵的爸爸。

八时半,检查结果出来,那位胖胖的女医生告诉中尉:一切正常,如果预料不错的话,孩子可能在明天这个时候降生,你要升格当爸爸了。

真的? 中尉蹦个高,跟着又来一句:我要当爸爸了? 真的要当爸爸了?

当然,医生说,第一次当爸爸心情一定十分激动吧?

中尉点点头,怎么会不激动呢!

中尉兜里的手机就是这时响起的。指导员告诉中尉,部队驻地连降暴雨,河水猛涨,淹没了大部农田和村庄。支队命令,所有官兵中断休假,立即返回部队抢险救灾。指导员又说，弟妹不是赶在这两天生吗，要不，我和支队说说？中尉看了一眼妻子，妻子也正看他。她大约猜测到了电话内容，眼睛有些湿润，毛茸茸的睫毛上似乎挂了泪珠。中尉举着电话的手有些颤颤的，犹像片刻，中尉对指导员说，不用了伙计，我保证按时归队。

走时，中尉对依依不舍的妻子说，咱们的孩子降生后，你一定要给我个电话，让我听听小家伙的哭声。

妻子点点头。

中尉他们的任务是搜救被洪水围困的一个小村的群众，那个村子早已成为孤岛，茫茫洪水中像个模糊不清的小黑点，情况相当危急。中尉他们的冲锋舟赶到时，上百口人存身的地方仅有篮球场大一块地方了，而且，洪水仍在以每秒五厘米的速度快速上涨。

中尉和指导员分工，由指导员率战士驾舟转移群众，送往安全地带，中尉则留在孤岛上善后，安抚人心。

四艘冲锋舟来往数趟，只剩下中尉他们八个人了。他们赖以存身的地方已被洪水淹没，水流漫过膝盖，发出哗啦啦的急响。冲锋舟终于拐了回来，中尉和群众匆忙爬上了冲锋舟。可中尉发现，舟小人多，小舟不堪重负，越过了吃水线。中尉跳下橘黄色的冲锋舟，朝驾驶员挥挥手说，我等下一趟。驾舟的战士急了，说，不行，你必须上来，要不就来不及了！中尉没有上，他把冲锋舟推向波涛汹涌的洪水中……

岸边，上百被救的群众静静站着，望着浑浊的洪水，望着原来村庄的位置，任由鞭子似的雨水抽打。人们旁边有一个小巧的帐篷，是战士们用衣物为一位孕妇临时搭建的产房。上午十点，受到惊吓的孕妇顺利产下一个男婴，一声响亮的啼哭，划破阴霾，飘向滔滔洪水……

恰在这时，大家堆放的衣物中传出手机彩铃声，是那首红遍大江南北的《说句心里话》。指导员红着眼拿起中尉的手机，按了接听键，中尉妻子兴奋的声音传了过来：生了，咱们的孩子生了！是个漂亮的女孩！鼻子眼长得特像你……你怎么不说话？你不喜欢女孩吗？

指导员的手颤抖起来,迅速关掉手机,哇的一声哭了起来。

现场所有的人都哭了……

当娘那年她十四

人间的事,不知老天爷怎么安排的,厄运总在自家打转转,一场接一场,一场比一场残酷残忍!父亲没了,母亲也没了,只剩下她和弟弟两个,孤独,清冷,无依无靠。

从地里回来,喂过猪,挡好鸡窝,然后生火做饭,照顾五岁的弟弟吃过,把他哄睡了,躺在吱呀作响的柴床上,望着烟熏火燎变得黑黢黢的屋顶,杏妹总要禁不住这么感慨一番。

杏妹记得很清楚,那天是腊月二十五,天晴得洗过一样,蓝蓝的,净净的,不挂一丝云彩。吃过早饭,父亲和母亲收拾了一番,搭二孩家的农用三轮去湖桥镇赶集。割点肉,买点萝卜白菜,青葱韭黄啥的。该过年了,这些东西是一样也不能少的。爹妈上车前,杏妹特意提醒母亲,到了集上,别忘了给她捎一条丝巾回来。杏妹说,买那种白底红花的,我们班女同学都有,佩上特好看。父亲和母亲相视一笑,在她头上抚了一下,说,这妮子,知道臭美了。这是父母留给她最后的爱抚和遗言。二孩家的车在冬日的清冷中冒出一股黑烟,突突突开上一条死亡之路。一辆拉煤的大货,跑得好好的,车头却突然拐了那么一下,父亲和母亲乘坐的农用三轮便被挤进深沟里……

天塌了,地陷了,杏妹人也傻了。二姨二姨父帮着料理完丧事,把她接到家里来住。她在二姨家躺了整整三天才醒过神来,忙问守在一边的二姨:我弟弟呢? 二姨眼圈一红,泪珠子扑扑嗒嗒掉了下来。二姨说,你爹妈没了,我把他送给了张村一户姓许的人家。杏妹翻身下地,冲二姨发了一通火:二姨,你可真糊涂啊,我家的人不是还没死净死绝吗,爹妈没了,他还有姐! 二姨说,不是二姨心狠,你自己还是个孩子呀,咋养活得了弟弟?

　　杏妹冒雪赶到张村时,早已成了一个雪人。二姨没说哪家收养了弟弟,杏妹从村头开始,一家一家打问。直到晚上九点,才找到收养弟弟的许家。弟弟穿戴一新,蜷缩在沙发一角看电视。杏妹一进门,直奔弟弟,把他紧紧地搂在怀里,说,姐可找到你了,姐可找到你了! 许家夫妇不知怎么回事,把孩子夺了下来,斥责杏妹,你干什么? 干什么? 杏妹扑通一声跪下了,哭着央求许家夫妇:他是我弟弟,求你们把他还给我吧。

　　弄明白了咋回事,许家夫妇的眼圈也红了,说,闺女,你起来,咱再商量商量。杏妹跪着没动,她说,你们要不把弟弟还给我,我就跪死在你家!

　　许家夫妇犹豫着说,闺女,看样子你也不过十三四岁,自己顾自己都难,咋养活孩子呢。

　　我能养活! 杏妹说,我能! 哪怕拉棍要饭,我也要把弟弟养大成人! 许家夫妇抹了一阵眼泪,恋恋不舍地把弟弟交给了杏妹。临走,杏妹掏空所有口袋,要给许家留下三十块钱,把许家给弟弟新买的棉衣棉鞋留下。许家夫妇说,你这是干什么? 寒冬腊月天,想让孩子冻病不是?

　　回到家里,杏妹把弟弟放在被窝里焐着,她在一边躺下来,搂着弟弟。杏妹说,杏林,你喊我一声娘吧! 弟弟摇摇头,不喊。弟弟说,你不是娘,你是姐。杏妹说,不错,过去我是姐,可从今天起,我就是娘! 你知道娘是啥? 娘是责任,比天还大的责任啊!

　　她知道弟弟不懂这些,可她还是要说。她说给自己,说给自己那颗和弟弟一样稚嫩的心脏。

　　杏林小嘴紧紧抿着,憋了许久,怯怯地唤了声:娘……

杏妹也轻轻答应一声,把弟弟搂紧,泪脸贴了上去。

杏妹那年十四岁。

到老板家过年

他没想到要在异地过年,而且是在一个完全陌生的地方,一个叫作顺平的小镇上,和家的距离整整一千里地。

这是老板的家。老板欠他的工资,一欠就是两年。春节将近的时候,老板承诺,等明年春暖开工的时候,把他的工资结清。老板说得很诚恳,可他不信。他在打听老板家的住址,他要住到老板家里过年,对老板施加压力。

腊月二十六,他顺利找到老板家。到了门口,他不由笑了:老板不也住着普普通通的二层小楼?

家里只有老板的妻子和他七岁的儿子。老板娘说,老板不在,三个月都没见着了,前天和家里通了电话,说是二十九才能回来。这不,眼看该过年了,他连个影子也不见,真是的!模样不错的老板娘一脸疲惫,说时,垂下几滴眼泪。他觉得老板娘的眼泪是真诚的,丝毫没有做作的痕迹。

午饭老板娘为他焖了米饭,特意为他多炒了盘西红柿鸡蛋。饭菜上桌,还给他掂来半瓶酒,放上一只杯子。

他是个闲不住的人,吃过饭,见老板家的院墙塌了一个豁口,就自己搬砖和泥,把豁口垒上。又见猪圈上遮雨的棚子垮了一半,他砍来树枝,抱来麦秸，不一会儿就苦好了。他承认，他这是讨好老板。只要能要到工钱，让他干什么都行。但他又承认，他实在是手脚没处放，闲不下来。既然住在人家家里，就不能看着人家忙而自己无所事事。

做这一切的时候，老板七岁的儿子就在他身边。小家伙十分可爱，有时蹲着看他忙这忙那，有时则跑前跑后给他递个小东小西。

叔叔，你和我爸是好朋友吗？孩子问他，他不知道该怎样回答。他和老板不是朋友，非但不是，还是多少有点疙瘩的那种关系。

是吗，叔叔？我想一定是的。我在学校就有好多好多的朋友，朋友们也喜欢到我家来玩。孩子仰脸看着他，等着他的回答。那张小脸，星星点点的泥汗之中布满了幼稚的期待和渴望。他不能不回答了。他说，我和你爸是朋友。

他在老板家已经住了两天。腊月二十八晚上，老板仍然没有回来，他真的有些急了。虽然老板娘天天给他做吃做喝，一点也不曾怠慢，甚至，还买了几包好烟放在他住的房子里。

晚上，老板娘和儿子陪他看电视。那个七岁的小家伙似乎与他特别有缘，坐在他身边，细嫩的小胳膊支在他的大腿上，肉乎乎的。这让他想起自己的儿子，也是这么大一点，也是看电视时偎在他身边，趴在他的腿上或者怀里。于是，他就想，妻子和儿子在干什么呢？忙着烧肉？蒸馍？贴对联？还是像他一样在看电视？还有，孩子的衣服和鞭炮买了吗？

他的眼睛红了，竟想大哭一场。但他忍住了，他俯下身子，在老板儿子红扑扑的小脸蛋上亲了一下，同时抬眼看了老板娘一眼，恰巧老板娘也正看他，那目光慈慈善善的，像姐姐，或者妹妹。

于是，他开始计算车次，如果能在明天早上赶回北京，还有一趟当天的火车去山东，可以在大年三十赶回家里。他应该和自己的妻儿在一起，而不是赖在别人家里过年。年，一年只有一个，自己要过好，也得让别人过好。

他站了起来，掂起了自己的包。他对老板娘说，他要走了。老板娘说，你不等他了？他说不等了，大过年的，都怪忙的，我就不耽误你们过年了。

步伐的风度

第二辑

他还想说点什么,嘴张了张,却什么也没说。老板就是这时进了家门,看到他,始觉奇怪,继而苦苦地笑了。老板似乎瘦了不少,也苍老了不少,一副疲惫不堪的样子。

是你?

是……是我。他答,有些结结巴巴的样子,我来看看。

别忙走,今天咱俩喝两杯,大过年的,来一趟不容易。

不了。他说,家里等我回去呢。

老板拉开提包拉链,把包里的钱掏出来,数出一半递到他手上,说,这点钱先拿着过年吧。我去找了开发商,他只给了三千,你先用着。老板说着眼圈红了。老板又说,说实话,我真不想欠大家的,出门在外,不就是为了挣钱吗?可开发商没给,我……

我知道,大家都不容易……他边说边朝外走。

烩面馆

女人抱着宠物狗走进烩面馆时,东亮正在靠窗的位子上等面。女人怀里那条小狗很白,通体没有一根杂毛,晃得东亮眼晕。小狗的脸型像狐,眼珠黑黑的带点嫩红。大约是饭馆里吃饭的人多,头一低钻进女人腋下,只把眼睛露在外面,眼珠子转来转去,怯怯地看人。

烩面馆一色的单桌,一米多长,半米多宽,只坐两个人。老板显然是个有经营头脑的人,虽是小饭馆,却打扮得肃静整洁,有模有样,四面墙壁悬挂着字画,框在咖啡色的木框里。每张桌子正中放有一盆兰花,绿叶,白花,透出一种清洁高雅的味道。坐在字画下面,欣赏着兰花吃饭,大家便有了文化味,高雅味。因此,无人喧哗,无人吵闹,没人劝酒,也没人划拳。要来了酒菜,相对而坐,举杯示意,吱一声灌下肚去。烩面馆颇有些雅而不俗的况味。

别看只是大众饭馆,只卖寻常面食,来吃饭的人绝不"大众",既有一方达官显贵,大款富豪,也有平民百姓,贩夫走卒。我走了,你来了,绳串样络绎不绝,把小饭馆塞得满满当当。新杀的羊肉、熬得浓浓的骨汤,汤鲜味美,谁不来?

从女人进门那刻起,东亮就看出来,女人有钱。不说别的,单是怀里那条狗足以说明一切。东亮在省城搞过装修,东家就有一条一模一样的狗,他问过东家:一万买的? 东家撇撇嘴,打个响指,说,后面再加一个零。

那就是十万了。一条狗十万? 是五六个东亮的家当啊!

女人来时,小饭馆还有个位子,只是那位子有点靠里,离操作间近些,封闭虽严,却免不了时有油味逸出。女人不坐,抱着狗,站在东亮旁边,睫毛扑扑闪闪的,看着东亮。东亮明白她的意思,她想让东亮把靠窗的位子让出来。东亮没理她,把脸扭开,看街上来来往往的行人,以及街对面那家理发店旋转上升的蓝白条纹。

女人终于说话了,慢条斯理,温文尔雅,还对东亮微笑了那么一下,露出一口洁白的牙齿。她说,小伙子,咱俩换个位置怎么样? 东亮反问她,说得也十分温文尔雅,也笑着。不过东亮笑时牙齿不怎么白,东亮吸烟,而且是劣质烟。东亮说,能给我个理由吗? 女人仍然笑着,仍然慢条斯理,她拍拍怀里的狗,说,它怕油烟。东亮再次笑了,说,谁不怕油烟? 女人不急不恼,就那么站在东亮旁边,低头抚弄着狗毛,一下一下,捋着,理着。她说,小伙子,咱们这样好不好,你把位置换了,你今天的单我埋,除烩面外,再送你两瓶啤酒,两样小菜。

东亮也笑了一声,说,这点钱我还付得起。

女人这才无奈地走向里面那个座位,无奈地坐了下来,要了两碗烩面。一碗她自己吃,另一碗要给狗吃。人们停下吃饭,冷眼看着女人。她自己吃一口,给狗喂一口,嘴里喃喃说,宝贝,乖乖吃饭啊,好好吃饭啊,这可是全城最好的烩面啊。

东亮慢慢吃着面,斜眼看着那个女人,心里有点别扭,却又说不出什么,羊汤烩面吃不出半点鲜味。他要来胡椒、辣椒,撒进碗里,接着又点了几滴香醋。还是没味。东亮索性不吃了,坐着,看女人和狗一起吃面的风景。

女人碗里的面没下去多少便不吃了,汤汤水水的还满着。她抱着狗站起来,走向门口的柜台,掏出一张五十元大钞,飘雪花一样扔到柜台上。那钱打个旋,飘落在柜台一边地下。女人说声,不用找了。走了。

看着女人一摇三摆出了烩面馆,众人议论纷纷,有人恶狠狠地骂了一声:什么玩意!

东亮叫来老板,指着桌上的碗问,这只碗多少钱?老板不明白东亮的意思,呆呆地看着这个其貌不扬的打工仔。东亮又问了一句,这只碗多少钱?老板连忙回答:三块。东亮从兜里摸出十二块钱,递给老板,把女人用过的碗,狗用过的碗拿过来,倒去里面的汤水,啪一声摔到地板上。然后要来撮斗和笤帚,把四散的碎片扫起来,倒进垃圾桶,扬长走出小饭馆。

从此,东亮在这座城市又打了三年工,再也没到那个烩面馆去过。听工友说,那个烩面馆早已门可罗雀,卷闸门上贴了张转让字条,不知道和女人带狗吃饭有没有关系。

步伐的风度
Bu fa De feng du

第三辑

放我一马的人

　　放我一马的人是谁，原先我一直不知道,有可能是长着一脸络腮胡子、说话大声武气的王主任,也有可能是慢声细语、有点娘娘腔的孙书记,还有一种可能,那就是我们厂里的保卫科长。

地址

　　张诚一的通联地址一直留的是那个大杂院:春风巷 32 号。那时他住在大杂院,和父母住在一起。张诚一是自由撰稿人,几乎每天都有大量信件往来,样刊,样报,样书,当然还有一张张数目不等的汇款单。大杂院是真正意义上的大杂院,三教九流,五行八作,贩夫走卒,小商小贩,各色人等不一而足。更有一两个收废品的,一大早,一边高声叫喊:收废品喽———边把拨浪鼓摇得哗哗啦啦响。张诚一没有工作,全靠稿费过日子。他习惯夜深人静时写东西,前半天躺在床上补觉。人们这么一闹,还补什么觉? 于是,张诚一搬到三桥,在那儿租了间小房子。可通联地址不能留那里,租房的事说不准,今天你住这儿,明天人家不租了,来往信件怎么办?

　　张诚一仍把地址留在父母那儿。来了样刊样报,来了稿费,父亲替他收着,然后打电话告知张诚一,谁谁来了书,谁谁来了报,谁谁寄了稿费。隔几天,父亲拿个透明的塑料袋装了,送到张诚一的租屋。

　　父亲一出门,见人就打招呼,老王啊,忙着呢,你好命啊,哪像我,一辈子操心劳碌,这么大岁数了还得替儿子跑腿。父亲把装有样刊样报汇款单的塑料袋高高举起来,叹了口气,说,这不,人家给他寄来这么多东西,不送去还不误了事?

　　老刘啊,买菜呀,我去哪儿? 你说我会去哪儿,给儿子送汇款单呀,这都是那小子写文章赚的。

父亲意气风发,红光满面,得意之色溢于言表,炫耀之词多于问候。

父亲并不担忧张诚一的衣食,他清楚张诚一每月赚了多少,够不够花。张诚一给他买酒买烟买衣服,他坦然受之,不来半句客套推让。

寄给张诚一的每份样刊样报,父亲都认真看过,然后给张诚一打电话,讨论其中的细节,报刊版式和风格。父亲当过教师,对文学还是略懂一二的。

后来,张诚一结了婚,买了房子,便把通联地址换成了新居,样刊样报稿费便不再寄到父亲那里。父亲的来电便少了许多,即或有那么一两个,也是三言两语,显得少气无力。聊上几句,父亲迟迟疑疑问他,还写吗?张诚一说,写呀,怎么会不写呢。父亲又问,钱够花吗?张诚一说,够呀,怎么了?父亲轻轻哦了一声。张诚一听得出来,对方那颗心始终没有放下。

第二天,张诚一买些时鲜水果,两瓶酒,一条烟,回家看父亲。父亲懒懒地坐在门前,对邻居的招呼有一搭没一搭的,哪有前些时那种意气风发的劲头。张诚一就问父亲,怎么了?病了?父亲摇摇头说,没怎么,心里空。张诚一说,你出去转呀,公园,广场,哪儿热闹往哪儿去。要不,现在时兴打麻将,找人玩几把。

你呀——父亲打断儿子,说,你根本不知道爸是咋想的,以前,邮递员隔三岔五来一趟,书啊,报啊,汇款单啊,一大堆,可现在呢?邮递员不来了……父亲的脸色变得黯然无光,很失落,很泄气……哎,把你最近写的东西给我念念……父亲说,以前你不在家,看看你的文章,和看见你一样,可现在……

张诚一的心一下子软了,眼睛变得湿蒙蒙的。他一直以为,父亲在意的,是他发了多少文章,是一张张绿色的汇款单,由此换来的衣食无忧生活。现在看来自己错了,老人看重的,是他写下的那些文字,是字里行间的喜怒哀乐……

回到家里,张诚一要做的第一件事,便是伏在案头写信,写给和他有联系的所有报纸、杂志,省内的,省外的,大报小报,大刊小刊,认识不认识的编辑。信很短,只有一行文字:本人通联地址为某某省某某市春风巷 32 号。

放我一马的人

第二辑

战友

　　搞联谊会的人,不管是乡友联谊会、战友联谊会,还是同学联谊会,都是闲极无聊,吃饱了撑的没事干才玩的把戏。我们这次同年入伍的战友聚会也是。

　　战友聚会是马富山发起的。马富山当过团参谋长,转业到地方任过副县长县人大主任。呼风唤雨几十年,猛地退下来,便觉得手脚没处放,就寻思着找点事干。那天在公园晨练,打完一套太极,拾起衣服,踅摸到我跟前,说,老李,咱们战友聚一下怎么样?我说怕不容易,天南海北,天各一方,有的几十年没有联系,能组织起来?他说,这你不用担心,我来办。

　　马富山的组织才能超乎我的想象,不到半月时间,他竟把当年一起入伍的战友——除三个已过世的而外——全部邀齐。

　　聚会在皇后饭店举行。我曾建议马富山,战友聚会没必要选这么高级的地方,随便找个中等饭店就行了。马富山不同意,他说,我们这批战友大部分头上都戴过帽翅,正处居多,还有两个副厅,档次太低说不过去。皇后饭店是县里唯一带星级的酒店,在城南,距汽车站约有两公里。

　　最先来的是大个子赵向东,在乡里当过书记,退居二线后在家看孙子。一进门,赵向东便对着马富山嚷了起来,他说,亏你还当过县人大主任,也太瞧不起老战友了,怎么派辆脚踏三轮去车站接人?也太寒碜人了。马富山说,我没派车接站,出租车满街都是,接什么站?赵向东说,咋没接,我一下汽车一辆三轮车就停在我面前,问我是不是到皇后开会,我说是,他就让我上车,直直拉到这里。马富山大笑起来,说,你个土包子,那是人家三轮拉生意,咋不问清楚呢。赵向东说,不对,人家把我拉来,根本就没收钱。正说着,刘向阳也来了,也说是一辆三轮车把他拉来的,也说没收一分钱。

这就怪了,怎么会出这种怪事?我连忙跑出去,三轮车正往下卸人,也是战友。车夫是个大个子,皮帽子摘下拿在手里,苍灰的头上冒着腾腾热气。我正要过去问清楚,车子已经启动,被他蹬得飞快,又朝车站方向去了。

中午十一点,战友大部到了,这些四十年前风华正茂的年轻小伙子,现在都是一个甲子的人了,头上添了白发,脸上刻了皱纹,大多变得不敢相认。每到一个人,大家都要端详半天,提示些当年印象较深的片段才能确认。然后是握手,拥抱,喝茶,坐下寒暄。

十二点整,马富山数了一遍,三十二个,再数一遍还是三十二个,打开名单核对,缺了魏志平。这时候,一头大汗的三轮车夫走进宴会厅,小心翼翼,脸上现出一抹讨好的笑容,在角落里找个地方坐下。马富山说,你可真会做生意,来要车钱的吧?车夫说,要啥钱呢,接战友还要钱?我是魏志平呀。

你是魏志平?大家不信,魏志平在我们那批兵里最帅,模样个头都是挑挑的,这个猥猥琐琐、佝偻着腰的三轮车夫是魏志平?

三轮车夫说,我真是魏志平,都是让苦日子闹的,老婆没了,三个孩子把身上的血都榨干了,人就老得快嘛。见大家还是不信,三轮车夫说,新兵连我们住在喀什河边的弹药库,大清早我给大家打水,扫营房的院子,你们就没一点印象?

当钳工的代喜长长哦了一声,说,想起来了,那年上山守卡,在三十里营房我高山反应,是你把我背到了卫生队。

代喜起了个头,大家回忆的闸门一下子打开了。赵向东说,我也想起来了,志平扫院子起得太早,把我们的好梦都给搅了,我还骂过他呢。魏志平终于得到战友们的确认,腼腆地笑了,说,都是过去的事了,不说了不说了。马富山说,我也想起来了,你在三营机炮连的时候,那年部队换服装,以旧换新,你说你的毛皮鞋丢了,没交。后来你们班长从你的包袱里翻了出来……

魏志平的笑容顿时僵在脸上，脸色变得煞白煞白，比哭还难看。我不满地盯着马富山，哪壶不开提哪壶，这不是当众扇人家的脸吗！代喜不满地说，志平办的好事你怎么没记住一点？

合影时怎么也找不到魏志平。魏志平走了，他借口上厕所，没吃饭就走了，和他一起走的还有代喜。那时大家聊兴正浓，谈论宦海沉浮，孩子，车子，股票，早把接他们的三轮车夫扔到一边。可我注意到了，透过窗户玻璃，我看见，代喜亲热地搂着魏志平的脖子，慢慢走出酒店大门，走向角落里的一个烩面馆。

丁警官的持枪动作

丁警官的持枪动作十分另类，他的另类之处在于，别人持枪射击时，都是枪面向上，左手托了右手，准星、缺口和目标连成一线，然后稳稳击发，叭一声，目标被打得粉碎。

丁警官不，丁警官没这么多的繁文缛节，人家丁警官是枪面向左，手掌朝下，瞄也不瞄，枪管一甩，二十五米外的鸡蛋纹丝不动。别人以为没有打中，跑到跟前一看，好家伙！鸡蛋还在饮料瓶口上放着，子弹从正中穿过，蛋清蛋黄，汤汤水水流了一地。靶场上便有一片掌声轰响。丁警官淡然一笑，松松垮垮回到队列里。

丁警官在部队曾经当过连长，本来要提营长的，坏菜就坏在丁警官的持枪动作上。师政治部刘主任下连考察，对丁警官相当满意。在考察单兵技能时,丁警官还像平时那样,枪面朝左,甩手击发,枪枪俱中靶心。刘主任大摇其头,什么动作呀这是? 日后还不带出一帮子游击队? 部队条令怎么执行? 丁警官的提拔随之泡汤。丁警官屁股一拍,转业到县局防暴队。

丁警官的枪法好是出了名的,那次刘厅长来县局视察,来时天已经黑了,匆匆忙忙吃过饭,便让局长把丁警官找来。谁知一见面,两人竟然认识,刘厅长就是当年的刘主任。刘厅长说,我亲手断送了你的军人生涯,还恨我不? 丁警官开了个玩笑,冒出一句戏词,说,八年了,别提它了——

刘厅长亲手把三根香火立在十米开外,撤身让丁警官打。丁警官站着没动,说,厅长,近了。刘厅长将香火后移五米,丁警官还是没动,说,近了。刘厅长说,你小子不要托大,这可不是白天,晚上射击全凭感觉和手劲,万一打不中,你小子名字可就臭了。丁警官笑笑,说,刘厅长这是信不过我? 厅长把香火移至二十米外,说,你爱打不打。丁警官没让刘厅长失望,叭叭叭甩手三枪,三根香火霎时不见。刘厅长拍着丁警官的肩膀,说,好小子! 还是你那种打法? 丁警官说,这辈子恐怕改不了啦。

防暴队平常没什么事,非遇特殊情况不出动。丁警官的日子就过得相当轻闲,没事了出去喝点小酒,然后摸进公安局对面的棋牌室,摸上几圈。打麻将当然要带点彩头,每把输赢五块,不伤筋不动骨,图个乐和。年终评先,别人奖励证书一本摞一本,红彤彤的耀得人眼生疼,丁警官那里却是一块白板,光秃秃的。局长说,老丁啊,你能不能不喝酒,能不能不打牌,也弄个先进当当嘛。丁警官说,局长,咱这叫什么来着? 哦,对了,叫淡泊名利,叫见荣誉就让,不也是一种先进吗。

养兵千日,用兵一时。这天,丁警官摸了一把好牌,一四七万加混子,上手一张就可和牌。这时手机响了,丁警官知道有事,扔下牌,飞速跑回防暴队。

这是一起劫持人质大案,省厅缉捕的毒贩劫持了一个小男孩,躲进城边一家化工厂三楼,拿枪指着人质太阳穴,声言不放他走,他就打死人质。为保证人质安全,上级决定击毙毒贩。狙击手已经到位,在对面楼上架起了狙击步枪。可毒贩相当狡诈,反侦察能力很强,藏身位置是个死角。狙击手朝

厅长摇摇头,示意无法射击。

刘厅长说,让小丁上!

丁警官已认真察看过毒贩藏身之处,不慌不忙从腰里抽出六轮手枪,问刘厅长,击毙? 刘厅长点点头,说,我要你一枪毙命,而且是头部,以免伤害人质。丁警官摸至距毒贩二十米处,回头看着刘厅长。刘厅长右手往下一压,发出了射击指令。只见丁警官甩手一枪,子弹从毒贩后脑射进,从右太阳穴钻出,瞬间死于非命。狙击手走过去,站在丁警官刚才射击的地方瞄瞄,眼里一片茫然:毒贩隐身的地方是个死角,又是面向楼前,子弹怎么就从后脑进去了呢?

丁警官大口抽着烟,浓白烟雾在发间蹿来蹿去,慢慢升腾起来,在灰白的空气中弥散。一根烟抽完,丁警官指指毒贩身后一块镀铬钢板,那上面有一块子弹擦过的痕迹。丁警官用食指顺着弹痕勾了一下,说,懂吗? 跳弹。狙击手说,你这可是太冒险了! 万一失手……丁警官拍着狙击手的肩膀说,伙计,看似冒险,其实我事先已经计算好了初速、弹道和距离。你知道在击发那一刻我想到了什么? 狙击手摇摇头。丁警官说,那个被劫持的无辜孩子就是你的,你还会犹豫吗?

对门

乡里人讲究多,结亲戚,属鸡的不找属猴的——鸡和猴不到头;民营企业搭班子,有牛无马,有马无牛——白马犯青牛;康家不与朱家为邻——猪吃糠,对康家不利。

可湖桥镇的康成山却和朱成群住对门,一住就是三十多年,倒也相安无事。非但没事,两家关系比亲弟兄还亲三分。那年朱家盖房,本来要盖成三层小楼,学城里人外装玻璃幕墙,屋顶起个高脊,搞成别墅式洋房。盖到两层,正往三层砌砖,朱成群无意间朝对面康家瞥了一眼,大手一挥,对泥工师傅说,封顶。泥工师傅就很奇怪,说,你不说要盖三层吗?才两层咋要封顶呢?朱成群朝对面指指,说,我家房子能超过康哥家的高度吗?

康家房子是九十年代盖的,虽也是小楼,却只有两层。自家盖三层,明摆着压了对方一头,这是大忌。

康成山也很仁义,把朱家的事当成自家的事办,那年朱家的阀门厂货款被骗,数十万打了水漂,资金出现缺口。康家倾其所有,借给他三十多万,才把窟窿填上,厂子得以正常运转。康成山家有棵麦黄杏,个大,皮薄,肉厚,可树小,每年也就结几十个。杏子摘下,康成山分出一半,洗净,送给朱家尝鲜。朱成群接了,一笑,说,要是街再窄点多好,咱就不用来回跑了。康成山说,谁知道当初咋规划的,咋把街修到咱两家中间呢。

有人提起"猪吃糠"的说辞,康成山不禁一笑,说,那都是穷讲究,啥猪吃糠啊,迷信,我不照样和老朱家对门,日子不照样过得顺风顺水、人丁兴旺?

说这话时是八月,腊月康家就出了事,而且和朱家有关。

康成山的儿子叫康召,二十六岁,小伙子前年谈了朋友,姑娘也是本镇的,生得花朵一般耐看。老两口急着抱孙子,和女家说好,来年春天把婚事办了。

朱成群家是闺女,叫小巧,男朋友是县里的公务员,婚期定在腊月二十二。办事前一天,康家三口全体出动到朱家帮忙,买菜,割肉,布置新房,忙得不亦乐乎。看看一切就绪,康成山一家要回去,朱成群说,你两口先回去,康召留下,陪陪来过礼的新女婿,年轻人在一起有话说。

那天,康召喝酒并不多,也就三四两的样子,喝过就回家了。谁知第二天早上,天光大亮了,康召还不起来,康成群在他屁股上拍了一掌,说,这孩

子,你朱叔家今天办事呢,还不快点过去帮忙。康召还是不应,康成山俯下一看,儿子早没了气息。

康召可是老两口的心肝宝贝,两口子抱着儿子失声痛哭起来。刚刚哭了没几声,康成山把老婆的嘴捂了,说,别别别,现在可不敢哭,让对门知道了,人家喜事还办不办了? 老婆饮泣着说,你说咋办? 康成山说,瞒下,等过了今天再说。

对门朱家的喇叭响起来了,是豫剧《朝阳沟》,一条街都是银环高亢喜兴的唱腔。去朱家前,康成山洗了把脸,也把老婆的泪痕擦了,附在她耳边说,高兴点啊,别哭丧着脸。老婆说,你叫我咋高兴,我高兴得起来吗? 康成山说,高兴不起来也要高兴! 他们要知道小召没了,还有心打发闺女?

劝着老婆,康成山自己的泪却止不住,一滴一滴往下落,在镇街路面上砸出一个个黑点。在白白的、亮亮的阳光里,在银环喜兴的唱腔中,康家两口子走上大街,跨进了朱家大门,随了500块钱厚礼。

朱成群办完喜事后得到消息,两口子急忙跑到康家,一进门就跪到当院,对着康成山磕了三个响头。朱成群哭着说,哥,哥,你咋这样呢,孩子没了,咱还办啥喜事呀……你不该呀哥,不该呀……康成山连忙把两口子搀起来,说,兄弟,别别,别这样……

朱成山拿出一个布包,里面是刚从银行取回的30万元钱,说,哥,咱孩子没了,这点钱你先用着,回头我再送。康成山恼了,说,你这是干啥呀兄弟? 钱再多能买回咱小召? 买不回呀兄弟,再说了,这钱算哪回事? 我花得出去吗? 买衣服穿? 我忍心穿到身上? 买肉吃? 我能咽得下去? 咽不下呀老弟……

正说着话,门口传来一阵哭声,小巧快步抢进大门,跪在康家夫妇脚前,叫了一声爸,又叫了一声妈。康成山说,起来吧小巧,我认下你这个干闺女了。

小巧说,不,是亲闺女!

火山

　　小湖不大,但却诱人。它居于小山旁边,水多的时候,它就很自觉地漫溢出去,从较低的一侧流向山下的田地里。在它流动的过程中,很自然地形成了一道优美得让人心动的瀑布,阳光下闪着亮亮的光泽。

　　小湖水质很好,清澈见底,波光粼粼。夏天,这里集聚着一群群的男人或者女人,各自占领自己的阵地,自由酣畅地在那里游水嬉戏。到了冬天,小湖非但不寂寞,反而更加热闹。

　　每年,镇里都要在这里举行为期六天的冬泳节。开幕那天,十里八乡的人们从四面八方拥来,把个小湖挤得水泄不通。人多就要吃饭,就要喝水,还要顺便买些小东小西。于是,开饭店的来了,小商小贩来了,远远近近来此旅游观光的人们绳串一样络绎不绝,成为小镇经济发展的一个亮点。

　　可是今年,小湖的冬泳节要取消了,不办了。已经为这个冬泳节忙乎了许久的商人小贩,备战了一冬的冬泳爱好者,包括爱看热闹的全镇群众,对此十分不满。他们选出了几个代表,去找镇长。

　　代表们走进镇长办公室的时候,镇长的对面坐着教授。

　　教授前年来到小镇,说是来研究这个火山湖,住在小湖边一个农家里,经常在小湖边坐着,一坐就是半天,盯着清澈的湖水,如老僧入定一般。有时和人谈谈聊聊,在小本上记些什么。

步伐的风度

镇长和教授正在争论着什么,已经有些面红耳赤。听了一会儿,人们终于明白,是教授不让办这个冬泳节,他说,根据他的研究发现,这个死火山很可能要发作。

人们便哄一声笑了。屁,几百上千年了,火山喷发了吗?没有,你说它喷发就喷发了?冬泳节让你一句话就给搅了?

镇长也处于两难之中,他既不愿放弃难得的商机,又不愿真如教授所说,在举办冬泳节的时候出事。他知道,诚如教授所说,一出事就是大事,人命关天的大事。真要那样,别说镇长做不成,项上人头能否保住还两说呢。思虑再三,镇长做出了延期举行冬泳节的决定。

五天过去了,火山没有喷发,而且连喷发的迹象都没有。水依然那么清澈,阳光依然那么明媚。天还是那个天,地还是那个地,狗屁的情况也没有。

人们骂教授虚张声势,骂教授胡说八道,骂教授白吃干饭,耽误了冬泳节举行。人们迫不及待地找到镇政府,要求尽快举行冬泳节。

镇长被逼无奈,说了一句模棱两可的话,他说,今年的冬泳节镇上是不会组织的,你们自己看着办吧。谁都看得出来,镇长是允许的,但他又没有明确说出来。

群众自发组织的冬泳节如期举行。镇上领导虽然没人到场,却并不比往年逊色多少。一大早,人们便从四面八方赶来,拥向小湖,各自占据有利地势,热火朝天做起了生意。冬泳爱好者更是意气风发,做着下水前的准备。

教授早已来了,他从这个路口跑到那个路口,劝阻着进入小湖的人们。他说,你们这样是要出大事的,是要死人的,火山一定会喷发,就在这几天呀!

人们嘲笑教授,十天前就听你说过这样的话了,火山喷发了吗?没有。你教授到底存的什么心!

口干舌燥的教授在湖边走来走去,最后坐在湖边上一棵树旁,盯着生意人,盯着已经下湖热身的冬泳爱好者,眼里流出了伤痛的泪水。

教授担心的事情终于发生了,发令员举起信号枪的那刻,一阵轻微的嗡嗡声从地底传来,接着便有一道亮丽的光线从远处飘摇着升上蓝色的天空,和白云交汇在一起。教授头发直立起来。他猛地站起来,跑过去劈手夺过信号枪,在人群中发疯地奔跑着、呼喊着:快走,快下山,快!快!

可是,没人理他,卖饭的照样卖饭,游玩的继续游玩,不屑地对他白上一眼:神经病!

火山终于喷发了,所幸的是,第一次喷发规模不大,在第一次喷发和第二次喷发之间,山头上的人们都撤了下来,只有五六个已经下水的冬泳爱好者被永远留在了小湖中。

从此,教授被视为小镇的罪人,人们有理由认为,如果不是教授最初的拦阻,冬泳节如期举行的话,正好避开了火山喷发的时间,正是由于他的阻拦,冬泳节延迟举行,才出现了这样的死人事故。

镇里在总结这次事故教训时,充分尊重群众意见和说法,逐级上报,得到认可,并把材料寄回教授所在的科研部门。

教授临走时去见了一次镇长,他说,镇长,你说句良心话:我们俩到底谁是这次事故的罪人?

镇长也说了句模棱两可的话:不是你就是我,不是我就是你。

放我一马的人

放我一马的人是谁,原先我一直不知道,有可能是长着一脸络腮胡子、说话大声武气的王主任,也有可能是慢声细语、有点娘娘腔的孙书记,还有

一种可能,那就是我们厂里的保卫科长。

我第一次盗窃,就连人带货被派出所的人抓个正着。抓我、询问我的是个稚气未脱的小警官。他煞有介事地坐在桌子后面,手里玩着一支圆珠笔。

他问,你是哪个单位的?

我不能说出自己的单位,把这事捅到厂里我就完了,再有两天,我就要启程登车,前往大学报到了。

那个横眉立目的小警官死死盯着我。他说,你这样的我见多了,想跟我熬不是?那你就耗着吧,看谁耗得过谁!说着从口袋里掏出黑色手机,一下一下按着玩。

我知道我耗不过他。

我说,你也别追问我的单位了,我给你说个电话号码吧。

小警官得意地抬起头,说,早说不就得了。

于是,我说出了车间的电话号码。王主任和孙书记一直对我不错,也许能替我遮掩一二。

小警官拿起话筒来把电话要了过去,小警官喂了一声,问道,你们那里有个叫李生的人吗?

许是得到了肯定的答复,小警官斜眼看着我,点了点头,说,你们来人把他领回去吧,他偷了你们单位的紫铜。

我是在去废品收购站的路上和小警官相遇,并被他带到派出所的。

我虽在工厂做工,走进大学却一直是我的梦想,别人斗地主、搓麻将、下象棋,我就捧着书本看。车间王主任和孙书记一商量,把我安排到仓库当了保管,好为我腾出更多的复习时间。

接到大学录取通知书,我让王主任看了,也让孙书记看了,他们比我还高兴,一个拍拍我的肩膀,一个在我头上捋一把,表示祝贺的方式虽然不同,话却说得一模一样:好好,你家伙有出息!

脑子热过之后,我就想到了学费问题,家里自然指望不上,爸妈的日子还在刀刃上过,肯定拿不出钱来。助学贷款不是一两天就能办下来的,开学时的学费找谁要去?

于是,我就把目光盯在仓库角落堆着的废铜上。那是加工配件的边角料,也长期堆在那里,几乎被人忘了。我把废铜扔出围墙。我知道这样做对不住王主任,对不起孙书记,可为了上大学,顾不得那么多了。

询问过程中,我如实交代了家里情况和我上大学的梦想,小警官久久没有说话,给我们车间打过电话,就把我放了。他说,你们单位来人了,是个高个子,说是不想见你,那些铜都是边角废料,卖就让他卖了吧,全当是锈坏了,扔了。

我哭了。

小警官让我离开的时候还不到上班时间,我把两块完整的铜板取出来,说,它们不是边角料,还可以做配件用。小警官显得很不耐烦,把铜板重又塞回编织袋,呵斥我说,你啰唆什么? 待在这里老光彩是吧?

上大学走的那天,王主任和孙书记都来送我,还给我送来四千元钱,说是车间的一点心意。我十分羞愧,哭着说,谢谢领导放了我一马。主任和书记都很惊讶,说,这孩子,说什么呢?

我说,我知道你们对我好,不想提那件事,可我……

哪件事?

我说,偷铜的事……

我把前后经过对他们说了,他们互相看看,王主任说,放了假你哪都别去,还回咱们车间干活,咱们缺人手。

我想不到事情会是这样。放寒假的时候我回了车间,王主任和孙书记还让我回仓库帮忙。孙书记说,小李呀,你可千万别提那一嘴,其实,那天你不说,我和王主任都不知道,也没接过什么电话。那个小警官根本没打什么电话,他是不忍心耽误你上大学呀。

我去感谢小警官——那个放了我一马的人,所里的人说,他已经调走了,调到刑警队去了。

废墟深处

突如其来的跌宕起伏、山摇地动之后,一切都陷入了死一般的寂静,也陷入了无边无际的黑暗。

她知道遇上地震了。

她动了一下身子,胳膊腿还能自如地活动。还好,没有受伤。她摸了一下四周,除了冰凉的水泥板便是沙石和碎砖。她竟没有死,她想,一定是水泥板在下落的过程中先行折断了,形成了一个夹角,遮挡了后来落下的物什,才让她保住了一条命。空间虽然不大,但尚能平躺或者侧躺。

她是昨天下午到达这座陌生城市的,为了办事方便,入住在这家距市中心较远的宾馆。她记得,这是一座六层楼的建筑,楼前有几棵大叶女贞,还有一片开得姹紫嫣红的月季。吃过晚饭,她在宾馆小卖部买了一支牙膏、一块香皂,洗过便睡了。谁知却碰上了地震。

有人吗? 她轻轻地,几乎是颤抖着叫了一声。

没人应答。

有人吗? 她又叫了一声,依然没人应答。她便感到了孤独和恐惧,还有一种深深的绝望。她便哭了起来,是那种无助的哭泣。就在这时,她听到从头顶方向传来一阵极其微弱的呻吟。

有人! 还有人活着! 她一阵欣喜,又一次喊了起来,你是谁? 你在哪里?

边喊边扒拉着她面前的沙石和碎砖。扒拉一阵,她真切地听到了对方的呻吟。

你是谁? 你还好吗?

我——还活着——对方是个男人。

她把孔洞扩大到碗口大小的时候再也难以扩大了,挡在她面前的不但有水泥板,还有一条条弯曲的钢筋。他们就着碗口大的孔洞交谈起来。

男人已经不再呻吟,他关切地问她,你没有受伤吧。

她说,没有。接着反问他,你呢?

男人似乎犹豫了一下,没有正面回答,却说起了别的。因为声音太小,听不大清楚,似乎问她是哪里人,来这里是探亲还是出差之类的话。

她说是来出差,谁知却碰上了地震。说着委屈地哭了起来。

男人又一次把话题引岔开,他说,反正现在待着没事,你有兴趣听听我的故事吗?

她点点头说,愿意。

男人的故事很一般,或者说只是有关他的家庭,他的父母,他的生活经历。但她听起来却是那样生动,那样感人。男人讲得很慢很慢,也很吃力,有几次中止下来,休息一阵才接着讲述。

她静静地听着,心情慢慢平静下来。

这时,从男人那边突然投过来一团橘黄色的火光,虽然十分微弱,在黑暗中却很是耀眼。她不禁精神为之一振。

光亮很快又熄灭下去,一切重又陷入黑暗。

他说,我想抽支烟,你不介意吧? 像在某种外交场合,男人很绅士。

她说,你抽吧,我无所谓。她想,这是个很能体谅女人的男人,如果大难不死,她一定要找到这个男人,做个朋友,或者干脆嫁给他。

男人说,为了保持体力,等待救援人员到达,从现在起,我们尽量少说话,也不要乱动,好吗?

她说,好。

男人打亮打火机,从孔洞那儿递过来,他说,打火机给你好吗? 我想睡

一觉,从昨天到现在我还没睡过觉,很瞌睡。但你不能睡,你要答应我,每隔半小时,打亮一次,我便会知道你没事。

我答应。她说。

按照男人的吩咐,每隔半小时她就把打火机点亮一次,并把光亮伸向和男人相通的孔洞,让他也感受到光亮。他不让她说话,她就不说话,但也有憋不住的时候,会问上一句,你睡着了吗?

男人没有回答。她以为他睡着了,那就让他好好睡吧。不知为什么,她对这个素不相识的男人竟有了一丝心痛的感觉,还滋润出一种甜蜜的味道。

她没戴表,她是估摸着时间打火的,每按亮一次打火机,在心里默记一次。救援人员找到她的时候,她记得按亮了九十八次打火机。最后几次,她是强打精神才按亮的,她很疲乏,眼皮像要粘在一起,浑身没有半点力气。但她记着男人的嘱托,几乎是机械地完成着男人的嘱托。

她被从废墟中挖了出来,她看到在她的担架旁边,是一个用黑袋子装着的男人。

救援人员说,根据男人的伤势,他最多在震后存活了三小时。

她知道,她是靠着那个打火机才活下来的。

步伐的风度
Bu fa De fong du

第四辑

两个疯子的工程

　　两个人没好意思近前,站在远处一棵柿树下,望着两个疯子造就的工程,有些羞愧,也有些不知所措。

前面有座桥

　　我和王成显、丁亚山一起游灵佛山纯属偶然。那天，丁亚山突然驾临我的办公室，说是在家憋了一个冬天了，心里都快长出绿毛了，咱出去转转？我所在的小单位在县里无足轻重，有它是五八，没它是四十，上班不上班的无所谓。可丁亚山不同，我们这茬同学里，就丁亚山混出了名堂。高中一毕业，他爸就让他承包了煤矿，三弄两弄的，身家过了千万。平时他忙得脚后跟打着后脑勺，电话都难得来一个，今天怎么会有这样的闲情逸致？我问丁亚山，遇上不痛快的事了？丁亚山恼恼地说，闲吃萝卜淡操心，你就说去不去吧。我说去，有车接送，有人管饭，傻瓜才不去呢。说吧，去哪儿？丁亚山想都没想，说，上灵佛寺。

　　灵佛山在我们县城西边，山不大，也不高，像是平地上堆起的大土堆。山上树木葱茏，奇石林立，潺潺流水淙淙而下，倒也清幽可人。自明至清，佛道两家在这块风水宝地上建起庙宇，香火极盛。读高中时，我和丁亚山、王成显三个室友常去。我和王成显是纯粹的玩，而丁亚山是上灵佛寺烧香，上香下跪，撅着屁股祷告一番，嘴里嘟嘟囔囔，不知道说些什么。

　　坐在车上，我就想，丁亚山绝不会平白无故上山拜神，一定是有什么难言之隐。

　　没想到会碰上王成显。刚到灵佛寺，山门两侧摆满了小摊，杏干、栗子、山核桃。山核桃特喜人，光洁圆润，个大饱满。我刚要打问价格，卖核桃的山里汉子却一声不吭，站起身风也似的走了。那背影看着十分眼熟，我突然想起来，王成显的家就在灵佛山下。我试着喊了一声：王成显？你给我站住！王成显站下了，却没有回头，拐着竹篮站在寒风里。

王成显比在学校时瘦多了，也黑了，风雨和岁月把他打磨得沧桑无比，老了我们十岁。丁亚山把王成显的核桃全要了，递给他一张百元大钞，说，今天陪咱哥们游灵佛寺去。王成显掏出五十元递还丁亚山，说，我那点核桃只值五十块。

神像前，丁亚山点上香火，在蒲团上正襟下跪，嘴唇嗫动，念念有词。一边的王成显嘴角露出一抹讥讽的浅笑。等到丁亚山起来，王成显说，你可真够虔诚的，遇上啥麻烦事了？丁亚山笑笑没接腔。

下山时，王成显把我们领到一个去处，说是前面两条路，一条，往北，再斜着向西通往游览区大门，但远两公里；一条，直通山下，但要走过一座试心桥。王成显说，这是灵佛山新开发的项目，灵得很，只有没做过亏心事的人才敢过。做过亏心事，一过就会掉下去。王成显又说，其实掉下去也摔不伤人，大庭广众，面子上不好看罢了。

吊桥是用麻绳结的，七十厘米宽，距地面不是太高。一条小河穿桥下而过，河水清澈见底，鱼游虾跳的。正说着，一对小夫妻走上桥，忽忽悠悠地颤了几下，随即平稳下来。

那对小夫妻到了对面，王成显跟着走上去，稳稳当当，如履平地一般。过了桥，王成显向我和丁亚山招手，说，过来呀。我问丁亚山，咱也过去？丁亚山没说话，一副若有所思的样子。我又问了一声，到底过不过呀？丁亚山这才醒过神，说，咱还是绕点远吧，万一掉下去，脸上多不好看……

想想也是，良心上的事说不清楚，为人一世，谁敢保证百分之百没问题？比如，对我们单位漂亮的女大学生就有想法，整天在面前晃来晃去的，惹得心里长草；还有，对领导有点小意见，整天盼着他出门撞上车……这些，算不算亏心事？应该算，也不应该算，毕竟只是一闪念，心里想想都不行？

两个疯子的工程
第四辑

我狠狠心慢慢地走上绳桥,桥颤悠了那么几下,我也跟着心跳了几下,可随即就平稳下来。我回头招呼丁亚山,说,没事,过吧。可丁亚山已经朝北走了,走向那条远路。背影有些佝偻直不起来。王成显嘲讽地笑着问我,丁亚山咋不敢过呢? 我说他可能有恐高症吧。

开在背上的牡丹花

说不清是颜料"赭黑"出了问题,还是母亲染布的手艺差了点,李子身上的棉袄穿上才三天,就开始往下掉颜色。起初看不出来,掉着掉着,那黑色就只剩下十之五六,临到上学报到那天,黑棉袄便不是黑棉袄了,说黑不黑,说黄不黄,中间还泛着一种暗红的颜色。

这还在其次,最令李子难堪的,是背上那两朵大大的牡丹花——袄面是被面改造而成的。那两朵牡丹,经过煮染,变得既红且黑,特别的醒目,一左一右,分别挂在肩背的两侧,显得妖艳无比,成为校园里一道独特的风景。李子好像不觉得,该上课上课,该做作业做作业,有时也在教室门前的案子前打打乒乓球。可他背后像长了眼睛,如果有谁在后面看他,他马上就会发觉,扭回头,死死地盯着你。他使用的是那种高傲的目光,逼得你不得不马上离开。

晚上躺进被窝,脱下那件棉袄,抻展了,盖在薄被子上面,他才嘘出一口长气,好像经过长途跋涉后突然卸下了千斤重担,一下子轻松起来。可李子仍然睡不着,总感到那些奇特的目光依然紧紧地依附在脊背上,在看那两朵牡丹花。

于是,他那件棉袄上便落满了各式各样的眼珠子,让他有一种芒刺在背的感觉。

可这并不影响李子的学习,每次大考,他的成绩都是前一二名。这是李子唯一的骄傲,也是他最值得骄傲的骄傲。这时候他就会觉得,什么都不重要,只有成绩是真的。你们不是穿得好吗,穿得好顶个屁用,还不得老老实实待在我后面?

但当他回到家里,看到母亲,他就觉出了委屈,那泪便不由自主流了下来,流得还挺欢,想止都止不住。

娘知道是为什么,也跟着李子流上一阵眼泪,抚着儿子的棉袄,说,委屈你了,孩子,等有了钱,娘一定给你买件好棉袄,名牌的,好吗?

李子点点头,先擦了娘的泪,然后去擦自己的。

李子是个懂事的孩子,他并不指望娘给他买什么名牌棉衣,他知道家里的情况。父亲早早下世,他家的日子就在刀刃上过,能吃上饭已经不错了。不过,有母亲这句暖心的话就够了。

李子仍然穿着那件带花的棉袄上学。

李子的学习成绩仍然是前一二名。

三九天到了,李子觉得棉袄变薄了,里面的套子粘连在一起,阻隔不了风霜和寒气,不像是坐在教室里,倒像是掉进了冰窟窿。李子明白,那是套子年久了,变瓷实了,不暖和了。

冬至前一个星期天,李子回到家里,晚上睡觉时娘把他的棉袄拿走了,拆开了,把袄面放进锅里重新煮染一遍。直到中午,娘才把重新套好的棉袄送到李子手上。旧棉袄突然间变得崭新起来,让李子有些不敢认识,穿在身上虚腾腾的,十分暖和。

过年前几天,母亲突然病了,咳嗽不止,流清水鼻涕,上不来气。医生说,是重感冒,冻的。

两个疯子的工程
第四辑

李子就学着给母亲做了一碗面条,端进娘住的屋子。看到娘盖的被子,李子才突然明白,娘把被子里的棉花抽出来,套进了他的棉袄。看着那条薄得几乎透明的被子,李子"扑通"一声跪在娘的床前,哭了。

娘说,看看,看看,这是哭啥哩? 大过年的,多不吉利。

他说,娘,你咋这样哩,儿子过冬天,娘就不过冬天了? 不知道冷了?

娘说,娘咋不过冬天哩,娘这不照样过? 儿子暖和了,娘的冬天就好过了。要是叫你受冷,娘心里会更冷。

李子把棉袄脱下来,盖在娘身上,他也缩身钻进娘的被窝,用他的体温暖和着娘。

就是这个冬天,娘去世了,死时才四十八岁。

母亲去世十周年的忌日,已经参加工作的李子,用第一个月的工资买了六斤新棉花,套了一个新崭崭、虚腾腾的新被子,放在坟前烧化。他说,娘,你千万别再受凉了……

一个人的影子

走在阳光下,别人的影子都是直的,唯独他,影子却是弯的,前倾着,像一张拉满弦的弓背,也像一只移动的大虾。平时走路,他专挑较为平坦的路面走,试图把影子衬得直溜些,好看些,可不行,贴着地面移动的影子依然固执地弯着。这时候,他往往要停下来去看别人的影子,男人的,女人的,大人的,孩子的,人家的影子淡淡地映在路面上,有一种夸张的、赏心悦目的顺直。

他记得很清楚,他的腰是被妻妹的谴责压弯的。

清明节去为妻子扫墓,同去的有他不谙世事的儿子,还有妻妹。在墓前石台上放好供品和鲜花,点上三炷线香,一抬头,他和妻妹的目光碰在一起。妻妹的眼睛很好看,细细的,长长的,微眯,朦胧而又秀美,像歌唱演员宋祖英。可此刻,妻妹的眼光冷若冰霜,锐利得如同一把刀子,直直地捅进他的肺腑。斜过他一眼,妻妹便把脸掉开,去看天上一缕缕浮动的云彩。

他知道妻妹恨他,但他没法计较,也没有资格计较。恰在这时,八岁的儿子向他提了一个问题。儿子问他,爸,是不是死去的人都上天堂?我妈上天堂了吗?不等他回答,妻妹抢过话头,说,不一定,像你妈这样的好人才会上天堂,而有的人却要下地狱!是的,对于妻子的死,他负有不可推卸的责任。是他千方百计做通妻子的工作,把她从县城一小调到他任教的大山深处,妻子才会死去。山体垮塌那天,妻子没课,在宿舍里给两个差生开小灶。宿舍靠近山崖,轰隆一声,妻子和两个学生同时被埋在垮塌的屋子里。他先刨出了两个孩子,然后去刨妻子,妻子却……

妻妹是姐姐一手带大的,姐妹俩形同母女。告别仪式上,妻妹且哭且诉,历数他的不是,包括他把姐姐调进兔子不拉屎的大山深处,也包括他没有先把姐姐刨出来。妻妹说,是你,害死了我姐姐!

妻妹的谴责、深深的自责,把他的腰压弯了,再也没直起来过,直到退休。

退休后他没回城里的家,仍然守在山旮旯深处的那所小学,住在妻子遇难的地方,守护着那块土地。放学以后,学生都走了,空旷的校园里只剩下他孤身一人。埋压妻子的那片废墟上,长满了绿油油的青草,还有一朵朵不知名的小花,红的、黄的、白的,悄悄地,开得繁盛而又热烈,每一朵都像妻子那张好看的笑脸。他默默坐下,无语地看上许久。

突然有一天,一辆农用三轮载来一捆行李,司机说是新来的老师下午要

两个疯子的工程

第四辑

到。他松了口气,终于有人愿意来了,他可以歇口气了。

新来的老师竟是妻妹!

妻妹在外地上的大学,毕业后没回县里,留在四川任教。大地震发生后,他打了不下五十个电话没和妻妹联系上,揪心巴肺地过了半个月,妻妹竟自己回来了。

妻妹到达学校时天已擦黑,见他站在废墟那儿,妻妹的泪唰一声下来了,连忙搀住他,说,姐夫,外面凉,咱回屋去吧。他叹了口气点点头。妻妹又说,怪我当时年轻,不懂事,错怪你这么多年。

妻妹的话让他有些惊喜,他反问妻妹:这么说,你不怪我了? 妻妹说,不怪了,真的。这次大地震,我的家也没了,可我却明白了好些道理。

之后,两人没再说话,都看着那片废墟。月光如辉的亮白里,他看到了自己的影子,竟然是直的! 他想,不该这样的呀,我都六十多岁了,腰该弯了,背该驼了呀,怎么突然就直起来了呢?

可他的影子的确是直的,给人一种顶天立地的感觉。

蓝眸

中原人的眼珠都是黑的,黑漆漆的发亮,故有明眸皓齿一说。

安静的眼珠却是蓝的,蓝莹莹的,和大海一个颜色。安静的皮肤也白,玉似的。你说,一个小县城土生土长的姑娘,生了副欧洲人的模样,人不跟着稀奇才怪呢。自安静这辈往上数四代,都是地地道道的小城人,和欧洲,和白俄不沾边,没有丝毫关系,咋就生了白皮肤、长了蓝眸子呢?

没人能弄清楚。

安静在一家公司做事,迎来送往,端茶递水,说白了,就是接待外来客户,陪着吃饭。公司领导十分看重安静,上级来人也好,客户到访也罢,有个像欧洲人一样的姑娘接待,多惬意,多上档次。安静成了公司一道亮丽的风景。如果客户来了,安静恰好不在,对方就会问,你们那个蓝眼珠姑娘呢?公司的人说,她今天家里有事,没上班。对方就很遗憾,摇摇头。这个合同签起来就有点费劲,极有可能,会黄了一笔生意。

既然安静的作用如此之大,关乎公司的生意成败,公司把安静当神一样敬着,冬棉夏单,四季服饰,唇膏口红,法国香水,都是公司埋单,把小姑娘包装得越发娇艳动人。

安静也很看重自己,嫌县城的技术不行,头发跑到省城去做,染成亚麻色,瀑布一般流泻下来,在衣领处翘个诱人的小弯,特精神,特老外。人们老叫她蓝眼珠蓝眼珠的,安静嫌不好听,抱着户口本跑到派出所,把名字改成了蓝眸。眸,就是眼珠,意思没变,听上去却优雅多了。

于是,安静成了蓝眸。

蓝眸二十六岁还没谈上男朋友,看上蓝眸的小伙子不少,医生,老板,公务员,都有,有房有车,月薪也都说得过去。蓝眸却没看上一个,蓝眸看不上他们的主要原因,是这些小伙子太普通。蓝眸是蓝眼珠呀,是白肤色呀,像欧洲人呀,与之相配的当然不该是本乡本土人士了。蓝眸知道,要找个真正的欧洲人很难,住在闭塞的县城,到哪儿去找欧洲人? 那么,就退而求其次,找个"像"欧洲人的小伙子总可以吧。

这年夏天,黄毛黄总闯进了蓝眸的视野。

黄毛是民营企业的经理,生意做得风生水起。可黄毛的长相不敢恭维,不说别的,就说头发吧,倒也密实众多,可颜色不行,黄中泛白,白里透黄,加上一张脸黑得炭块一般,这一黑一黄加到一块,便显得怪怪的。所以,三十

岁了,黄毛也没谈上女朋友。小城人不光看重经济实力,更看重传统和遗传,结了婚,再生个小黄毛咋办?

蓝眸不这样看,黄毛黄不拉叽的头发,黄毛浓密的胸毛,不正是蓝眸要找的欧式形象吗?蓝眸一声"OK",和黄毛谈起了恋爱,走进婚姻殿堂已是指日可待。

可天有不测风云,这天,蓝眸所在的公司接待了乌克兰一个考察团,蓝眸理所当然在场。考察团有个小伙子叫谢列朵夫,和蓝眸一见如故,要把蓝眸娶回乌克兰。有了一个真正的欧洲人,虽然是东欧,东欧也是欧洲。蓝眸去找黄毛。蓝眸说,黄毛,咱俩散了吧。黄毛十分惊奇,就问为什么。蓝眸说,我要嫁到乌克兰去。黄毛说,你真喜欢那个老毛子?蓝眸说,无所谓喜欢不喜欢,关键他是乌克兰的,是基辅的,谁叫他是欧洲人呢。好吧,黄毛说,你要真喜欢就嫁过去吧。蓝眸伸出手,和黄毛重重击了一下,说,黄毛,你够爷们,够男人!

蓝眸就嫁过去了。可没一个月,蓝眸重又回到县城,又回到她原来的公司做接待。黄毛在街上碰到她,就问蓝眸,你不是嫁到乌克兰,嫁到欧洲去了吗?咋又回来了?蓝眸气哼哼地说,骗子!之后便把黄毛的手拉住了,问黄毛,还和我谈不谈了?黄毛沉吟一下,脸色由青转红,再由红转白,平静下来之后长叹一声,说,谈就谈呗。蓝眸说,那好,我来你的公司干,待在你身边。

蓝眸果然辞了原来的公司,把名牌衣服,冬棉夏单,法国香水还给了原来的单位。人们再在街上见到蓝眸,蓝眸不施脂粉,素面朝天,又跑了一趟派出所,把名字改了过来,还叫安静。人们发现,虽然安静的眼珠还是蓝汪汪的,比过去还好看,说话做事却实在多了,像个县城人了。

两代狙击手

茶几上两只茶杯,一只大,一只小。大的是爷爷的,墨绿色,搪瓷,部队用的那种。那只不锈钢保温杯自然是孙子的。茶刚刚泡上,汤色碧绿透亮,不大的客厅氤氲出几缕毛尖的清香。爷爷端起杯轻抿一口,把身子靠在沙发背上,微微闭上眼睛,很舒服,很自在的样子。孙子也喝了一口,喉咙那儿便有咕咚一声响。爷爷不满地看了一眼孙子,说,有你这么喝茶的吗?你那是饮牛。孙子说,这有什么,我们支队的人都这样喝,痛快。

爷爷说,可你的活儿做得却不痛快。你当狙击手有四年了吧?孙子说,四年零三个月了。爷爷嘴角便浮上一抹讥讽的笑意,说,你好像还没立过功吧?

没有。孙子说,还了爷爷一个坦然的微笑。爷爷说,还好意思笑,这说明你不是一个称职的狙击手。孙子说,恰恰相反,我认为我是最优秀的狙击手。屁!爷爷说,一枪毙命的狙击手才是最优秀的,懂吗?

孙子再次笑了,摸出烟盒,递给爷爷一支,自己点了一支。白色的烟雾升腾起来,扑上天花板,马上散开,成为非马非驴的不规则图形。爷爷说,我听说,你经手的几个案件,没有一个罪犯死在你的枪下?孙子说,的确是这样。爷爷说,你可真有能耐呀,该检查一下枪上的准星,是不是安偏了?孙子知道爷爷在笑话他,却并不恼,反而回以一笑,说,你不懂。

爷爷恼了,气得胡子一撅一撅,拉起孙子去了卧室。

爷爷的卧室不大,四面墙壁上贴满了花花绿绿的奖状,1945 年、1948 年、

1951 年的都有。奖状大多已经褪色变黄,但墨黑的字迹依然清晰醒目。爷爷指着其中一张说,这张是济南战役的,我一枪把敌方团长敲掉了,他的队伍立马成了没王蜂,没费一枪一刀,咱们部队就占领了那个制高点。这张是淮海战役的。爷爷说,你知道我击毙的是谁吗?

孙子说,知道,你说过一百遍了,少将,师长。

回到客厅,爷爷有了那么一丝沉重,他说,可我还是没完成首长交给的任务,差一个没能达到毙敌一百的整数。你知道为什么吗? 孙子说,不知道。爷爷说,我本来可以完成的,可犯了狙击手的大忌:心软。那是在朝鲜的青川江边,那个美国兵是个新兵蛋子,老兵油子没有爬出堑壕解手的。那孩子太年轻,嘴边的绒毛还没完全变黑,我心软了,也就犹豫了半分钟,那小子出溜一下没了……

孙子知道,往下,爷爷要说到他经手的案件了。这是爷爷的老套路,像末流导演拍出来的肥皂剧,看过三两集,结果已经了然于胸。

果然,爷爷问,那个毒犯,你为什么不一枪敲了他?

那是去年夏天的事,警察在一个居民区发现了那个毒贩,这是公安部通缉的惯犯,这座城市的一半毒品是他经手运进的。可他隐身在一户人家,把刀架在一个小女孩的脖子上,和警察对峙。孙子的狙击位置在毒贩对面三楼,半个脑袋正处于孙子的枪口之下,被瞄准镜的十字套得牢牢的。

爷爷说,我真不明白你是怎么想的,咱们狙击手有句行话,叫机不可失,时不再来,你当时犹豫什么呢? 孙子说,的确是这样,可我等待的不是他的脑袋,而是他握刀的右手。你知道是为什么吗?

爷爷说,蠢!你想没想过? 击伤右臂,毒犯还有左臂,仍然可能对人质造成伤害。到那时,你小子可就惨了。

孙子说,爷爷,你还有回答我的问题呢。

爷爷茫然看着孙子:什么问题? 人上了年纪,容易忘事。

孙子说,我等待毒贩握刀的右臂出现。

爷爷摇了摇头说,不知道。

孙子说,我怕断线。击毙他太容易了,这也正是贩毒团伙想要的结果。可他的上线呢?下线呢?他这个环节一断,整个案件就没法破了。还有,把毒贩送到审判席上不是更有意义?

爷爷长长哦了一声,说,有道理。可是,前天呢?那个劫持人质的歹徒呢?不会也是害怕断线吧?孙子说,当然不是,是我觉得他太屈。你知道吗?别人欠了他一万块钱工资呀,他在工地风刮雨淋日晒,整整干了一年,却拿不到一分钱,才铤而走险出此错招。从瞄准镜里我看得很清楚,他一直在掉泪,亮晶晶的,珠子一样,一颗一颗往下落。当时我就想,他也许有老婆,有儿子,判个三年五载,出来了,不还是一个家?爷爷,假若是你,你会往死里打他吗?

爷爷说,不会。可你是在执行任务,完不成任务,领导不怪罪你?

孙子说,不会。虽然我没立过功,可我们支队长一次也没责怪过我,对我挺好。每次执行任务回来,他都把手搭在我肩上使劲按按、捏捏,那双手热乎乎的,让人想哭。你是不知道,我们支队长眼睛很大,清得像一汪潭水。

爷孙俩正说着,电话铃响了,是打给孙子的,可能又有了新的任务。

两个疯子的工程

阳阳被洪水卷走那天,野牛河东岸和西岸一下子疯了两个人,一个是河东岸乡中心小学的李老师,一个是河西岸阳阳的父亲赵志。

野牛河是条小河,十来米宽,横亘在中心小学和靠山寨之间。河水不深,淹不过大人的膝盖。清清溪流间,二十余块方石形成一条弯弯曲曲的路径,供人过河时踩踏。石块摆放错落有致,前后交叉,很艺术,很别致,有点像电视剧里某个情节的布景。平时,野牛河款款流淌,温柔得小姑娘似的。可一旦上游山洪暴发,立马变成一头疯狂的野牛,横冲直撞,搅起滔天浊浪。

李老师来到中心小学不久,就向乡长张提出建议,在野牛河上修座桥,解决河西靠山寨学生的上学难题。乡长张点点头说,我知道孩子们涉水上学不安全,天好天赖,刮风下雨的,确实该修座桥。可……

可……之后便是资金问题。乡里太穷,穷到连一辆车都买不起,下村上县,乡长、书记都骑电动车,在同行间惹出不少笑话。这年头,乡级领导谁还骑那玩意? 作秀给谁看呀? 还有,乡干部的工资只发百分之六十,剩下的还在羊蛋上吊着没着落。

这,李老师知道,也就不忍心再逼乡长。可是……

不要可是了。乡长张摊开手,苦苦一笑,既有些羞涩,又无可奈何,说,等乡里有了钱,我先修那座桥,行吧?

乡长张调走以后,来了乡长王,李老师去找乡长王。乡长王和乡长张一样没架子,亲切随和,让座倒茶,还塞给李老师一支档次不低的香烟。可一说修桥的事,乡长王同样被资金难住,也同样对李老师摊开手,同样羞涩,同样无可奈何。

阳阳被洪水卷走那天是晴天,没雨,没风,只是比往常闷热一点。下午放学以后,李老师一如往常,护送靠山寨学生回家。野牛河边,河水清清,缓缓而下,家长们站在河西岸,等着接孩子。学生还没过完,大家就听到一阵轰轰隆隆的声响,闷雷般从远处传来。接着,上游的洪水翻涌而下,把走在最后的阳阳卷进浊浪之中,一绺黑色的头发在浪尖上时隐时现,转瞬便没了踪影。

于是,李老师疯了。

于是,阳阳的父亲赵志疯了。

其实,两人都不是全疯,时而清楚,时而糊涂。糊涂起来的时候,两个人商量好似的,掂着铁锤钢钎,上山起石头。一个在河这边,一个在河那边,谁都不说话,只是闷头干活。然后,把一块块起出的石头运到河边上,堆在河坡高处。而当他们清楚的时候,坐在河边,先是久久地望着野牛河,呆呆愣愣好一阵,然后,两个人对望一下,搬起敲打得方方正正的石头,一块块砌起来。一个在河东边砌,一个在河西边砌,慢慢地向野牛河中间靠拢。

终于,两个疯子离得很近了,只有两米远了,两个人同时停下来,互相看着。当然,是在征求对方意见:往下的活怎么干? 李老师擦把汗,从口袋里掏出一张折叠着的挂历纸,展给赵志看。赵志点点头,两个人下到河水里,在水下清出基础,把石头砌了进去。

两个疯子的工程终于在一个夏天完工,野牛河上耸立起一座青色的石桥,不宽,不大,却坚实、牢固。站在桥上,能听得见河水哗啦啦的低吟,看得见潺潺小溪的流淌。

最后一块石头砌好,李老师退回桥东头,赵志退到桥西头,两个疯子昂首起步,相对而行。走到桥中间相遇的地方,两个人略一停顿,相互对望一下便错身而过。西斜的太阳黄黄的,向西走的李老师,那张黑瘦的脸有一种金碧辉煌的味道,上面拖着两道长长的泪痕;而向东走的赵志,背部金黄一片,看不清他的脸,隐在太阳的阴影里。

靠山寨的孩子放学了,走上了这座疯子修起的石桥,欢跳着,蹦跶着,叽叽喳喳,像一群归宿的雀鸟。

那天,乡长王和乡长张都来了。乡长王是下村路过野牛河,而乡长张是下来督促三夏工作,他是督察办的头头,正好在乡里。两个人没好意思近前,站在远处一棵柿树下,望着两个疯子造就的工程,有些羞愧,也有些不知所措。

绿色苔藓

他是无意间发现那蔟苔藓的。那天,放风结束,回到砖石结构的监舍,他留恋地站在窗前,从铁栅栏狭窄的缝隙里看外面的蓝天白云,以及,天幕上自由翻飞的灰雀。看着这些没有思想却有自由的小鸟,想想身陷囹圄的自己,便有些心灰意冷,心里充满了颓唐与灰败。

他是6天前被捕的,作为新岗区地下党的主要负责人之一,被下属出卖,投进国民党的监狱。出卖他的那个下属,是个小学教师,戴着副宽边眼镜,像女人一样喜欢脸红。当初发展这个下属,是他看中了这个小青年的满腔热情,当然,也包括他艰难困苦的贫穷出身。

可他没想到,出卖他的正是这个人。

那天是个阴天,天色一直灰蒙蒙的。一大早,他派那个下属到联络点取一份文件。联络点设在近郊,来去也就两小时。可下属去了四小时都没有回来,他就预感到要出事。于是,他烧掉了所有应该烧掉的文件、信札和书籍,在窗台上放好警示标志。做好这一切,他轻轻吁了口气,准备转移。

刚刚走出房门,一群军警冲了进来,团团把他围住。他的那个下属,头上缠着纱布,洁白的布面渗出几点鲜红,像一朵朵春日里盛开的桃花。他鄙夷地瞥了下属一眼,下属年轻的脸飞上一抹羞红,低下头,盯着地上来来去去的蚂蚁。

下属说,对不起,我……不想死……

呸——他一口浓痰飞出去,啪一声落在那张苍白而丑陋的脸上。

初进监狱,他有一种五味杂陈的感觉,沮丧,焦虑,烦躁不安,甚至还有绝望。他不怕死,自从干上这个,他早已把生死置之度外,抛之脑后。虎落平阳,龙困浅滩,蹲在监号里一天一天熬日子,是生不如死。他甚至怀疑,自己能不能熬到出狱那一天。

窗外的灰雀飞累了,落在泥地上,蹦跳着寻觅食物。他的目光,随着灰雀的跳动挪移。于是,他看见了那蔟绿色的苔藓。苔藓生在窗台中央石头上,那里有一个小小的坑洼,指甲盖般大小。绿色的苔藓毛茸茸的,充斥着生命鲜嫩的活力。

监狱里没什么事,除了每天一次的审讯,时间都是他的。只要有空,他就站在窗前,一动不动地研究那蔟苔藓。他注意到,天干无雨时,苔藓便慢慢褪去绿色,变成了粉黄色,尽量收缩身子,紧紧地贴在石壁上。有好几次,他以为它们会死,可没有。一旦雨水落下,潮气浸润了石头,苔藓的颜色便慢慢还原,由粉黄而微黄而浅绿而深绿。这种色彩还原的过程不是太快,但却很有耐性,由米粒般大小开始,一点,一点,慢慢扩展,直到完全恢复为一片浓绿。

四年间,那片苔藓在慢慢变大,向四周漫溢扩散,到他出狱时,居然占据了半个窗台。

那片微不足道的绿色,已经成为他生命中不可或缺的部分,须臾不可分离。那颗焦躁不安的心,在苔藓由绿而黄、由黄而绿的转换中,变得平和了,安宁了。每次审讯过后,带着累累伤痕回到监舍,他要做的第一件事,便是去看那蔟苔藓。之后,便心静如水,重重地吐出一口浊气。

夏天,他把分到的水匀出一部分,含进嘴里,噗的一口,噗的又一口,喷到那蔟苔藓上;冬天,他把褥子里有限的棉絮抠出来,覆盖在苔藓"身上"……

新中国成立后,他担任了监狱长,管理着这个曾经关押过他的监狱。一

次,监狱里进行大扫除,一个战士伸出铁锹,要铲掉那片苔藓,被他厉声喝止,他说,干什么你?留着!

隔天,他把那个出卖他的下属调到当初关他的那间监舍。第二天,他去看他,隔着铁栅栏,他问已成为罪犯的下属:

你看到了什么?

原下属的脸红了,摇了摇头,表示什么也没发现。

到了第三天,他又问他:

你看到了什么?

原下属这次没有脸红,面色苍白凄怆,说,我看见了苔藓……

不久,那个像女人一样喜欢脸红的原下属,趁看守疏忽之机,吊死在距那蔟苔藓不远的窗棂上。他对那具尸体骂了一句莫明其妙的话:

狗咬吕洞宾!

我的父亲和母亲

谁都没有想到,我的父亲会先于母亲死去。

父亲壮实得像头牛,胸脯上的肉一疙瘩一疙瘩的,二百多斤重的麻袋扛在肩上奔走如飞。我常常为有这样的父亲骄傲,受了谁的欺负,我就搬出父亲,我说,我告我爸去,看他不揍扁你!

而我母亲却长得瘦瘦弱弱,个子小不说,还常有病。听当医生的二叔说,是什么先天性心脏病。二叔说，当时父亲找我母亲时全家都不同意，这种病没法治，而且说要命就要命，正吃饭，碗"啪"地扔下，人说不行就不行了；正睡着觉，双腿一蹬就过去了……也就是说，今天脱了鞋，不知道明天还能不能再穿。

直到有了我，我二叔还说，真不知道你爸是怎么想的，打破脑袋也要找你妈！

从我记事起，我家里里外外的活基本上都是父亲一个人干的，从来不让母亲插手。父亲在二十里外的湖桥镇粮店工作，一大早做好饭菜，伺候我们吃了，才骑车去上班，晚上很晚了又赶回来做饭，风风雨雨从来没有间断过。

母亲常常感到不安，她说，你爸是个好人，是我拖累了他。父亲就笑笑，说啥呢？说啥呢？一家人用得着说这个？你要是没病，想歇我还不让你歇哩。

大概是前年吧，父亲早早起来割了一地麦子就去上班了，说是等下午回来了再往家运。谁知到了中午，天就阴了，还刮着小东风。母亲一看要下雨，就什么也不顾了，硬撑着把麦子运了回来。父亲回来后发了很大的火，跳着脚骂我母亲：你这是逞啥能哩！是麦子重要还是人重要？麦子沤到地里我不可惜，你要有个三长两短，我们这一家子还咋过？你也是三十好几的人了，这点道理都解不开，真是的！

父亲说着哭了起来，说，我和孩子都离不开你呀。

母亲却笑了，拿手抹去父亲的泪水，说，我这不是好好的嘛。母亲虽然笑着，眼睛却湿湿润润的。

父亲抓住母亲的手，放到脸上摩挲着，说，以后可不能不知深浅地干这样的傻事了，记住了？母亲说，记——住——了——声音拖得很长，还向父亲伸了伸舌头，做个鬼脸。

我就觉得很好笑，大人也像我们小孩过家家，一会儿哭一会儿笑的。

父亲死时我和母亲都没在场，他死在了粮店的住室里。那天中午，粮店往外运小麦，装完四辆卡车，父亲在水龙头下冲了凉，刚要躺下休息，就听看

大门的人喊:老李,你老婆——

看门人的话被一头猪打断了,它大摇大摆走进晒粮食的水泥场,看门人急着去撵猪,把后半截话给咽了回去。

父亲就死在这半截话上。他以为我母亲在家出了事,猛地从床上跳起来,蹦到地下,光着脚就往外跑。但在门口,父亲颓然倒地,再也没有起来。我们进到父亲屋里,他的身子虽然还热着,可人却断了气。

父亲死于心力衰竭。他死时的情形是他同屋住的张叔告诉我们的。张叔说,听到看门人的喊声,父亲的脸白成了一张纸,没有一丝血色。据二叔分析说,那是急的,人急得太狠,超过了心脏的承受能力就会猝死。

其实,那天我和母亲是去湖桥镇赶集,顺便看看父亲。虽然天天见面,可母亲就是想去看看。临走的时候,母亲从院里的杏树上为父亲摘了一大捧黄杏,说是让父亲尝尝鲜。

母亲一直活得很好,每每说到父亲,她便会叹息一声:死鬼,你咋丢下我们就走了呢,死的应该是我呀!

牡丹烧饼

我喜欢吃烧饼,是小时候养成的毛病,换句话说,是小巷里那个打烧饼的给惯出来的。听我妈说,我小时候特爱哭,哭起来没头没尾,没完没了,从早上哭到中午,再从午后哭到天黑,第二天接着再哭。没什么缘故,就是爱哭。我妈说，那天，她抱着八个月大的我上街，走到烧饼炉那儿，正哭得泪儿巴巴的，突然就不哭了，小眼珠扑闪几下，盯着筐里的烧饼，口水一嘟噜一嘟噜的。

打烧饼的塞给我一个烧饼，面手在我头上摸出一片白。说，小家伙，想吃烧饼了，是吧？

从此我再没无缘无故哭过。

打烧饼的男人姓鲁，大家叫他小鲁。那时小鲁年轻，二十五六岁，生得高高大大，方脸，眉眼间挂着一抹宽厚的笑意。无论寒暑冬夏，小鲁的烧饼炉都旺旺的，火苗从黄泥圈里蹿出来，把他那张脸舔得金红金红。小鲁把面倒进发面盆，放碱，兑水，揉得筋筋道道，在案板上揪成一个个面团，再擀成圆形的面饼。上炉前，小鲁取出个木制模子，按向面饼，面饼上便出现一朵牡丹花，两边各有一片小叶，很是好看。

烧饼烤好，一股香气蹿出来，在晨空中弥漫飘荡，染香了整条小巷。

我们那茬孩子早餐不在家吃，向家长要两毛钱，就奔了小鲁的烧饼炉。我们交代小鲁，叔叔，多给放点香油啊。小鲁便笑了，答应说，好，好，咱多放些香油。有时，他还真就往面饼里多滴一滴香油。我们也笑，占了多大便宜似的。

到了十点，买烧饼的高峰过去，小鲁擦一把额头上的汗水，在一条粗木板凳上坐下来，取出个黑不溜秋的茶壶，仰了头，闭了眼，啾一口，啾一口喝茶，一副怡然自得的样子。

小鲁的烧饼火候掌握得很好，背面烙，正面烤，焦黄酥脆，牡丹花凸起来了，叶子凸起来了，真花一样，单是看，就十分养眼。

可那天，小鲁却把烧饼烤煳了。他没远去，就在烧饼炉前站着，望天上的云彩。云彩是灰色，小鲁的脸色也和云彩一样灰。炉子里冒出黑烟了，小鲁才猛醒过来，忙拿铁钳去夹烤焦的烧饼。夹起一个，啪一声，扔到路边水沟里，再夹一个，啪一声，又扔到水沟里。一边扔一边说，打烧饼的咋了？打烧饼就低人一等？真是的！你看不上我，我还看不上你呢！听大人说，小鲁

的对象嫌他，和他吹了。

后来，小鲁的烧饼炉旁边多了个汤锅，卖绿豆丸子，买烧饼的人更多了，盛碗酸辣咸香的丸子汤，把烧饼掰开泡进去，撒上香菜末，吃出一头细汗。卖丸子的是个姑娘，模样很是耐看，经开杂货铺的大妈撮合，丸子姑娘嫁给了烧饼小鲁，日子过得相当滋润。

后来，小鲁成了老鲁，腰弯了，背驼了，脸上沟壑纵横，皱纹满布，却显得更加慈眉善目。老鲁一双儿女都出息了，一个在北京某个部委工作，一个在深圳当白领。这双儿女是老鲁打烧饼供出来的。

过年时，深圳的儿子开着一辆明光黑亮的轿车回来，要接老鲁两口子去享清福。得知老鲁要走，一巷人都哭了，拥到老鲁家，都说，你走了，我们到哪吃烧饼去？老鲁还是走了，儿子把他塞进轿车，呜一声开出了小巷。

老鲁一走，小巷就空了、寂了，心像被谁掰掉一块，经过烧饼炉那儿，都要朝那儿看看，长长叹一口气。

没过几天，烧饼炉又原地支了起来，老鲁像从天上掉下来一般，把个小巷轰动了。相熟的街坊就问老鲁，你不是去儿子那儿享福去了，咋又回来了？老鲁笑笑，说，那福咱享不了，那么高的楼，上不着天，下不着地，把我憋疯了，哪有打烧饼自在。

一巷人都围到老鲁的烧饼炉前，看老鲁生火，看老鲁和面，看老鲁擀面饼，看老鲁压牡丹花。孩子们上学的时候，叽叽喳喳围了一圈。鲁爷爷，多给我放点香油啊。老鲁笑笑说，行行，咱多放点香油。老鲁掂起油瓶，果真就往面饼里滴了香油，滴得还挺多。

那天我长大

　　我没想到，当二叔拽着羊绳不放的时候，父亲会那样说。

　　在我接近十八岁的记忆里，父亲的吝啬是出了名的。任何东西，在父亲手里都是宝贝。半根木棍，一把麦草，只准往家里拿，不准往外出。十二岁那年，我和父亲一起到湖桥赶集，天近晌午，要买的东西还没买齐，父亲便拉着我急急往回赶。我说，我娘要的布料不是还没买吗？他说，不买了，下次再买，现在我有急事必须回去。父亲说时，额头上满是细密的汗珠，两条腿不停地来回捣。

　　走到我家地头，父亲拐进玉米地，过了好半天才从庄稼棵里钻出来，一脸轻松惬意的笑。我问他干什么去了，他说解手，粪肥无论如何不能给了别人。

　　我笑了，是那种鄙视的笑。值得吗？大老远跑回来，就为这个？

　　父亲不到五十岁，已是一头白发，满面沟壑，脊背像一张拉满的弯弓。

　　高考落榜以后，父亲把羊绳交到我手上。父亲说，你身子骨还弱，别下地了，放羊去吧。

　　那天，我牵着山羊出村，在临路的草地上拴好羊绳，便在树下的阴凉里躺了下来。正睡得香甜，收羊的贩子把我叫醒了，他说，你这只羊卖吗？我知道我没权利决定这只羊卖与不卖，那是父亲或者母亲的事。我之所以缠住那个羊贩子，是我无所事事，是我百无聊赖，没事找事，让他陪我度过难挨

的时光而已。我说卖，怎么不卖？羊贩子朝四周看看，见附近没别人，又说，看样子你还不到十八岁吧？你能当得了大人的家？我知道羊贩子是在激我，他们专拣这种便宜。可我们这些生瓜蛋子爱激动，不经激，三两下便落入了圈套。我说，你怎么知道我不当家？我当家！说吧，出啥价？

羊贩子定的价钱当然很便宜，只不过我不知道行情罢了。

钱货两清，羊绳也交到了羊贩子手里。这时，下地干活的人陆续围了上来，二叔问我在干什么，我豪气十足地说，卖羊！二叔问，是你爹让卖的？我说不是，是我要卖的。二叔又问，你卖了多少钱？我抖抖手里的钱。二叔接过数了，说，就卖这么一点？他哄不死你！二叔从羊贩子手里夺过羊绳，把钱还给羊贩子。说，这羊我们不卖，你怎么可以这样做生意，哄小孩子？

卖！父亲从人堆后挤过来。二叔不解地看着父亲，说，哥，这只羊足足八十斤，才卖了三百块呀。

父亲愣了一下，转身问我，这价钱是你们刚才谈定的？我不好意思地说了声是。父亲拍着我的肩膀，说，再过几天你就十八岁了，是大人了，说出去的话就是泼出去的水，吃亏占便宜都应该算数，是不能随便反悔的。

父亲说着，从二叔手里接过羊绳，交给愣着的羊贩子。同时，把卖羊的钱塞到我手里，说，拿着，回家去吧。

我没有回家，我拿着那三百块钱走进了县城一高，报名参加复读。因为我对父母亲说过，我要考上大学的。

步伐的风度
Bu fa De feng du

第五辑
树上还有几只鸟

　　于飞站起来,没有直接回答我的问题,反问我说,老师,这样的事发生在什么时候? 上周不是还进行爱鸟周活动吗,电视上说,小鸟是人类的朋友,打鸟是犯法的。

那盏灯

公务员考试时间日益临近，满打满算也就两个月了。统考日期像个贼，悄没声息地一天天朝我走来。我心里越来越没底，越来越焦躁不安，当初报名时那点信心，在艰难的复习中一点点消亡、萎缩，渐至于无。我深深地知道，我一个大学毕业六年、胡子拉碴的大龄青年，和刚刚走出校门、青春正旺的大学生抗衡，简直是自不量力，拿鸡蛋往石头上碰。头天晚上背得滚瓜烂熟的试题，到了第二天早上，竟忘得一干二净，脑瓜想得生疼，也记不起一个字。你想啊，120 ∶ 1 的录取比例，千军万马挤在一座独木桥上，希望能有多大？

可妻子非要我考不可。我理解妻子。大学毕业，我没能找到一份正经的工作，靠打短工零工挣钱糊口。妻子的单位效益也不景气，三天打鱼，两天晒网，那点工资，刚够买青菜萝卜，三五天不见荤腥是常有的事。大人好说，苦点能对付，孩子怎么办，正长身体，总不能老跟着大人吃萝卜青菜吧。

那就考吧。为妻子，为孩子，也为了这个家。

晚上坐在书桌旁，妻子为我沏上一杯浓茶，削一个苹果，然后迈着轻巧的脚步离去，洗衣拖地，照料孩子。

午夜十二点，我累了。踱到阳台上，做了几个扩胸动作，活动一下酸困的四肢和胸背，也让冷风吹一吹麻木不仁的脑袋，借以缓解疲累。就是这时，我看到对面不远处房间的灯光，划过夜空，在我存身的阳台上照出一片光晕。我笑了，心想，这座城市并未完全睡去，起码还有一个人、一盏灯在陪伴我。于是，我重新坐下继续阅读。当我再次踱上阳台，那盏灯依然亮着，像一只不知疲倦的眼睛。我看看表，已是凌晨两点了。

几乎天天如此。那盏灯一直不知疲倦地亮着。

我和妻子就猜，灯下会是一个什么样的人呢？高考前用功的高三学生？一个研究学问的教授？或者，和我一样，一个参加公务员考试的竞争者？妻子说，别猜了，不管他是谁，有一点可以肯定，他是一位追求成功的人。我点点头，坐回书桌旁。

那盏灯像一双无形的眼睛，一直盯着我，我的复习渐渐进入了状态。

两个月后，我顺利通过了笔试、面试、政审、体检，一整套程序下来，我被录取了。

几天后，我决定去看看那盏灯，拜访灯下的主人，感谢他让我获得了成功。

我轻轻去敲那个房间的门，里面却没人。隔壁一位中年妇女走了出来，她说，我是这里的房东，你是租房子的吧？我说不是，我想见一见住在这个房间的人。房东说，这间房好久没人住了。我说不可能，没人住怎么天天亮着灯？房东为我打开房门，领我进屋，然后又来到阳台上。她说，两个月前一个女人租下了这间房子，可从来没住过，她要我每天晚上把灯拉亮，到天亮才能熄灭，我也不知道是什么意思。房东指了指对面说，她说她就住在那里，阳台上有一盆月季花的那家。

顺着房东手指的方向，我看到的是自己的家。

男人的约定

　　冥冥中似有定数,于再兴在那个风雨交加的夜晚注定要碰上乌有县长。要不,乡政府那么多人,怎么偏偏他摊上个没电的手电筒呢?

　　那天,乡政府所有机关人员都在,站在小楼前听候安排,下村疏散地势低洼处的群众。乡长站在台阶上,慷慨激昂,做战前动员。于再兴随意打开了手电筒,灯光微弱,几近于无,黄蒙蒙的,现出一种病态的有气无力,还有几个黑色的斑点。

　　糟糕,电池没电了! 于再兴悄悄离开政府大院,去买电池。政府对面就有小卖部,来去不过三五分钟,没必要扯旗放炮请假。

　　于再兴拐过街角不远,碰上了乌有县长的越野吉普。乌有县长说,你不是乡政府的于再兴吗? 于再兴说是,我是于再兴。于是,于再兴成了乌有县长的同谋。

　　横亘在下游的那座堤坝是五十年代初修建的,数十年地貌、地形的变迁,堤坝早已失去了存在的价值,正是由于这座堤坝,阻碍了正常行洪,一遇大雨,子虚县便成为一片泽国。可堤坝是省属水利设施,没人敢动它一根毫毛。

　　本来,乌有县长要亲自偷偷炸掉这座堤坝,炸药雷管就在后备厢里放着。乌有县长说,于再兴,如果我被捕了,被判刑了,你能常去看看我母亲吗? 老人家八十多了,受不了这个。乌有县长说时,泪水哗一声下来,打得引擎盖叭叭响。于再兴想,乌县长这是为了谁?为了咱老百姓,这样的好县长,咋能让他去担这份风险呢?

于再兴说,乌县长,让我去吧,我去炸坝。乌有县长紧紧抓住于再兴的手,使劲摇晃几下,把炸药雷管交给了于再兴。乌有县长说,我强调三点:第一,我先替全县六十万乡亲谢谢你;第二,你我必须守口如瓶,对任何人都不要提起;第三,事成之后,我想法给你弄个副科。咱俩起誓!

于再兴对着闪电起了誓。乌有县长也起了誓。

于再兴乘着夜暗把堤坝炸了,洪水一泻而下,八个乡镇转危为安。洪水过后,乡里召开庆功会,表彰一批抗洪有功人员。同时宣布于再兴的处分决定:在疏散群众的危急关头,于再兴临阵脱逃,给予党内严重警告处分。于再兴说,乡长,你不能给我处分,我没有临阵脱逃。

那么,乡长说,大家下村时你到哪里去了?于再兴说,我不能说,我非但不是临阵脱逃,而且对抗洪有功。乡长笑了,说,你有功?大家都听听,老于说他对抗洪有功!一屋人都笑了起来。于再兴说,不信?你问乌有县长,看这个处分我该不该背。乡长见于再兴说得煞有介事,把电话要到乌有县长手机上,说了于再兴的事。乌有县长反问:于再兴?哪个于再兴?我不认识。乌有县长的手机功能不错,一边的于再兴听得一清二楚。

当天下午,于再兴搭车去了县城,要乌有县长给他写张条子,证明他不是临阵脱逃,让乡里撤销他的处分。乌有县长十分客气,他说,老于啊,你好好想想,这个条子我能写吗?咱们俩有约定,要守口如瓶的,男人说话吐地成钉啊。再说,炸坝可是大事,判个三年五载的,我对得起你吗?于再兴想想也是,就说,算了,算了,这个黑锅我背了!

转天,市里召开表彰会,鉴于子虚县洪灾中未损一兵一卒,受到市政府嘉奖。市长说,子虚县要把那个堤坝作为思想不解放的例证,明明是个有害无益的东西,为什么一直留着?乌有县长说,本来我不敢说这事,那座堤坝不是自己垮的,是我让乡干部于再兴炸掉的。

于再兴成了英雄,处分自然要撤销,乌有县长带着乡中师生,敲锣打鼓

给于再兴送锦旗。乌有县长说,老于啊,多亏你炸掉了堤坝呀,要不,咱县损失大了去了。于再兴说,炸坝? 我怎么不知道这回事? 乌有县长说,老于,你这是怎么啦? 把那天的事忘了? 这才几天呀,不至于吧? 于再兴说,我是和一个男人有过约定,我对那个男人说,一辈子要守口如瓶的。于功,于过都一样!

碾转

五十多岁的人了还做贼,你信不信? 我信。我就是那个五十多岁做贼的人。

我做贼是因为走投无路,是因为逼上梁山。昨天晚上临睡时,年近八十的老父亲坐在我床头不走,似是有话要说,可又一直不说,憋了好长时间,才问我:儿啊,小满过了吧,碾转该下来了吧? 我爸说时没对我的脸,而是看着衣柜上的铜包角,那张沧桑多皱的脸红了那么一下。我明白,父亲这是想吃碾转了。

碾转这玩意做工十分复杂,小麦将熟未熟时把麦粒撸下来,放进大锅里煮熟,揉去麦皮,拿簸箕一下一下簸干净,放到石磨上去碾。石磨一圈一圈地转,熟麦子黏合在一起,磨扇周围便有粉条般粗细的碾转流下来。搁点黄瓜、韭菜,拿蒜汁拌了,那味道青鲜、筋道、耐嚼。现在的人都吃肯德基、德克士,哪里知道碾转的奥妙滋味。

我爸打小是农民,三十多岁才在县城扎下根,好这一口。每年这时候我都想法给他弄上一两斤解解馋。可今年情况特殊，单位垮了，仨葛针扎俩枣地把我打发了。那点钱，我妈住院花去大半，剩下的让上大学的儿子拿走了，口袋里一个子也没了。平时的柴米油盐，是靠低保维持的，哪有闲钱买碾转？可再想想，我爸快八十了，说句不好听的话，还能吃几回碾转？怎忍心拂了老人这点微不足道的愿望？

于是我第一次做了贼。我偷的是个三十多岁的妇女，她大约是赶早买菜，钱包扔在篮子里，趁她不注意，我轻易得了手。看来这女人也不富裕，那么大个钱包，里面竟只有十二块钱。不过买碾转还是绰绰有余。

没想到我很快便和她见上了，她也来买碾转，称了二斤，付钱时才发现钱包没了。她脸先红，接着是白，对卖碾转的说，对不起啊，我……过一会儿来买……卖碾转的是个老汉，嘟嘟囔囔说，你这人也是的，称好了咋又不要了呢。她说，我钱包丢了。老汉说，你是买给儿子吃吧？两手空空回去，小心他吵你！女人说，不是，是买给我妈的，催我好几回了。卖碾转的老汉本来要把碾转倒回筐里，听了，把手停下，问那女人，真是买给你妈吃？女人点点头。老汉说，我今天卖了一早上碾转，要么是买给儿子吃，要么是买给闺女吃，你是第一个买给你妈吃。看你也是个实诚人，这碾转我送给你了。

不不，女人不接，老汉把装好的碾转轻轻一撂，扔到她的小篮里，说，你这人，咋这样啰唆哩，拿走！像训自家闺女。女人眼圈一红，说，这样吧，你在这儿等着，我回家给你拿钱。

我只买了一斤，偷来的十二块钱只够买三斤碾转，我把女人的二斤碾转钱付了。我说得还很光面，我说，刚才那个人不是没付钱吗？我替她付了。老汉挺奇怪，呵呵一笑，朝天上看看。我问他看什么？他说，我看看今天是咋了，太阳是不是从西边出来了，要不，咋净遇上好人呢。一个孝顺闺女，给妈买碾转；一个活雷锋，替别人付钱。

我知道我不是好人，是贼。可我只做这一次，而且，我要借钱买辆三轮车，拉人拉货挣钱，把偷的钱还给那个女人。县城就这么大一点，我相信我一定会找到她。

树上还有几只鸟
第五辑

女人的夏天

女人的夏天总要出点什么事的，或大事，或小事。

往往是，春天刚刚甩个尾巴挨了夏天的边，女人的心里便像塞了一把茅草，乱糟糟的不安宁。

夏天跟女人有仇似的，大到不幸和厄运，小到灾灾病病，几乎全都发生在夏天。父母下世是夏天，高考落榜是夏天，小腿肚上长疖子是夏天，腮帮上起片青春痘也是夏天。

后来女人结婚嫁人，嫁了个风光无限的检察官，过了几年安生日子。女人满以为时来运转，苦尽甘来，夏天的晦气从此离她而去了。不想，前年检察官外出办案，返回途中遭遇车祸，丈夫的小车被一辆满载红砖的大货车撞得面目全非，车灯飞出去二十米远。恩恩爱爱一对小夫妻，临死连句话也没说上。

有时女人就想，我没招谁惹谁呀，老天爷怎么老跟我过不去呢？女人把自己三十年的经历翻捡一遍，这辈子没做一件亏心事，逛街碰到要饭的，没少往搪瓷碗里投钱，三毛五毛，三块两块，那个没了双腿的老汉，她竟给了他五十。邻居张老太太换肾，她出手就是三千。这些钱还指望要回来？想吧你！张家那一屁股债，不知道要还到猴年马月了。

可夏天怎么老跟自己过不去呢？一场事接着一场事，坡坡坎坎的，把人折腾得二五不成一十,真不如一头撞死算了。

女人也就是这么想想,日子树叶一样稠,还得一个个数着往下过,她不相信厄运和不幸会老跟着她,跟她一辈子,山不转水转,总有离她而去的那一天。

女人的这个夏天仍然过得小心翼翼,谨慎有加,生怕生出什么事来。早上,女人是舒过一口长气才起床的,已经八月六日了,也就是说,到了明天,夏天就过完了,进入秋天了。

女人盼着夏天过去,秋天到来。

天不亮女人骑上三轮车到道口接菜,菜农的鲜菜都在那儿批发。下岗的女人一直靠贩青菜为生。菜车装满,往回走的时候,天落雾了,远远近近白茫茫一片,马路也影影绰绰看不真切。雾霾中女人支好了摊子,青鲜的豆角,紫色的茄子,红艳艳的西红柿,还有翠绿欲滴的莜麦菜。菜摆到案上,放好台秤,女人揩去额上的汗水,在菜案边的凳子上坐了下来。屁股还没坐稳,一辆电动车不知怎么就撞上菜摊的铁质支柱,红红绿绿的青菜滚了一地,那几捆莜麦菜被倒下的架子压成了菜泥。骑电动车的是个40来岁的男人,连忙下车,帮她捡拾,整理。女人很气恼,小心着小心着,事还是找到头上了!她对男人发火说,你怎么骑车的,眼睁睁往摊子上撞啊?男人连忙赔不是,说,对不起,对不起。女人说,说声对不起就行了?你看看我这菜,烂的烂,碎的碎,怎么卖?男人挠挠头,为难地说,按说,我该赔你,可我……我……我实在没钱,钱都给我妈买药了。他指指菜筐里几包中药,又说,要不这样,你说个数,明天这个时候,我把钱给你送来。女人边挑拣菜,随口问了一句,你妈啥病?男人眼圈便有些发红,说,肺癌,没几天日子了。

女人心软了,朝男人摆摆手,说,那你还啰唆什么,还不赶紧把药送回去!

男人走了,一步三回头,大约是想记住这个卖菜的女人。

她重新支好摊子,能卖的放在一边,摔坏的放在另一边,拿回去自家吃。

太阳是9点出来的,雾霾一下子就散了,天地间突然变得光明起来,晴朗起来,女人的心情似乎好了点,长长地舒了口气,高喊一声:卖菜喽——

女人告诉你

　　张凡和张景是双胞胎兄弟,张凡是哥哥,张景是弟弟。两人长得十分相像,身形像,脸面像,说话也像。大学毕业后天各一方,没有商量,两人仍理一样的头发,穿一样的衣服。不明底细的人,还真分不出谁是谁。不过,时间长了,人们还是发现了他们之间的差异,那就是两人的笑,一笑,山高水低便显露无遗。

　　张凡笑起来的时候抿着嘴,嘴唇抿得紧紧的,两边的嘴角便陷下去两个小坑儿,眉眼间却显出一抹憨憨的笑意,有一种不事张扬的意味。张景的笑不同,张景笑起来眉飞色舞,嘴张得大大的,露出一口洁白细腻的牙齿,有一种诱人的光辉灿烂。

　　只要他们一笑,你便很容易分出了谁是张凡,谁是张景。

　　大学毕业后,张景留在了南京,在一家十分有名气的特大企业做策划,工资收入自然不菲。本来,张凡也要留在南京的,他们是同一所大学的高才生,那家企业也一起要了他们哥俩。可张景说,哥,咱俩得有一个人回去,要不,父母怎么办?谁来照顾?这么的吧,我是小的,我回去。张凡就说,常言说,要想好,大让小,我是哥,当然是我回去了。

　　于是,张凡就回了郑州,守着父母过日子。父母年纪大了,身体也不好,抬脚动手离不开人,买粮打油,灌个煤气,陪上医院,靠的都是张凡。逢年过节,张景也打个电话回来,问候父母身体,饮食起居,关心得不得了,弄得父母很感动,私下里说,还是张景这孩子懂事,要是他在身边就好了。

打电话的时候,张景也会和张凡聊上一会儿,但往往聊了一半,或是刚开个头,突然的,张景大声武气地哎呀一声,说,哥,我卡上没钱了,你打过来吧。张景把电话要到他的座机上,两人接着刚才的话题聊下去。或者,正说着话,张景那边干脆没了声息。张凡把电话要过去,问是咋回事,张景说,我还想问你哩,电话怎么断线了呢?

"五一"长假的前一天,张凡接到张景的电话,张景说,哥,我想你了。张凡说,我也想你,你过来吧。张景说,真不巧,我刚刚接手个活儿,估计到"五一"那天才会赶出来。这样吧,你过来,正好我的活也赶出来了,咱们在一起好好聊聊。张凡一想也对,不能为了玩耽误弟弟的工作。张凡就去了南京。弟兄见面,自是一番亲热,坐下喝茶时,张景说,咱在南京上了四年大学,该看的早看过了,看够了,看厌了,闭着眼也能背下来,咱到西双版纳玩吧?

张凡说行,去西双版纳就去西双版纳。

为了省钱,他们宿住在西双版纳附近一个小镇的旅馆里。老板娘是个三十来岁的女人,长得十分风骚迷人。没事时,张景就缠着老板娘闲聊些风土人情,神话传说,一来二去的,就聊出了感情。张景得知,老板娘两年前死了男人,现在一个人过。一天,张景说,没男人的日子可不好过呀。老板娘说,谁说不是,可不好过就不过了? 谁让咱生就的命苦哩。张景说,要不,我陪陪你? 老板娘说,就怕你不敢。

次日凌晨,张景才回到他和张凡住的房间。张凡问他干啥去了,张景笑笑说,看夜景去了。

第二天一早,张凡去服务台结账,老板娘把张景拉到一边,说,我知道你们两个一个叫张景,一个叫张凡,可三天了,到底没分清谁是张景,谁是张凡。说着递给张景一个小本子,我们相爱一场,把你的地址留下来吧,日后也许用得着的时候。

张景想，风流快活一夜，现在麻烦来了，怕是被这娘们缠上了。张景想了想，笑着，把张凡郑州的地址留给了老板娘。

这本是个小插曲，张景过后也就忘到了脑后，次年深秋的一天，张凡给张景打来电话，张凡说，兄弟，你还记得西双版纳那个老板娘吗？张景皱着眉头想了好一会儿，才说，记得呀，怎么啦？张凡说，她死了。临死前，她委托律师，把她的旅馆和十万块钱留给了我，你说怪不怪？我不知道她为啥要这样，非亲非故的。再说，她怎么会有我的地址呢？

张景好久没有说话，而后轻轻把电话放下了。

我帮老板去看爹

在和邵老板深入交谈之前，我不知道他是个老板。

我不操心这个，我自己一屁股屎还擦不净呢。工地早就放假了，可我们民工一直没走，等着向老板要工钱。工钱老板已经发了，可没发够数。十月份我们施工队死了个工友，管扣掰断，从八楼架子上摔下来，树叶一样飘落着地，便成了血糊淋漓一摊肉饼。管扣锈蚀得不成样子，早就该换了，我们曾多次提醒老板，老板总说，再等等，再等等。这一等，便等出了一条人命，赔了人家十二万。当时我们还觉着老板不错，大叉子往外挑钱，麦个儿似的，眉头都没皱一下。直到我们该领工钱了，也才明白，老板这是拿别人屁股装他的脸，让我们六十个人分摊这十二万块钱。这钱该他老板出，凭什么让我们摊？小来小去的也就算了，一人两千块呀！两千块能办多少事？买烧饼能买一大堆，买白菜萝卜能放半屋子！

我们六十个人都去找老板，见我们人多势众，就答应研究研究再说。一直等到腊月二十七再没见着老板，就知道这钱打水漂已成定局，还憨狗等羊蛋样待在工地有什么意思？

下了火车，离家还有百十公里，在走向售票窗口时看到了邵老板。当时他在车站气派的大门口徘徊，一脸焦灼忧虑，在那条到处是雪水的路上走来走去，从大门这边走到那边，又从那边走到这边，那双黑得发亮的名牌皮鞋，沾满了一片片的泥点子。过一会儿，他把手伸进裤袋，在里面掏摸一阵，过一会儿又把手伸进大衣口袋，又是一阵掏摸。一次次掏摸之后，他彻底失望了。

也怪我多事，你说，你买你的票呗，一直看着人家干什么？这不，人家朝你走过来了，蹭到跟前了，还递上一支红中华。我晃晃手里两块五一盒的彩蝶说，我有，正抽着呢。他说，接住接住，烟酒不分家嘛。说实话，我也想尝尝中华烟到底啥滋味，就接了。没想到，邵老板把剩下的半盒也塞给我。我受宠若惊，这下回村里有显摆的资本了。中华呀！村里有几个人吸过？我问，有事？他点点头，说，有点事。

交谈中得知，邵老板也是回家过年的，从东莞坐飞机过来，可钱包和手机在机场让人给掏了，身上一文不名了。他问我，能不能帮他买张去洛阳的车票。他说，你给我留个地址，回去我就把钱寄给你。看在半盒中华的分上，我犹豫一阵答应了。不就是三十块钱吗？出门在外谁没个难处？秦琼秦二哥还被逼得卖马呢。再说，人家半盒烟也值三十块呢。我把钱掏出来，数出三十块。我问，你是干部吧？他说不是，我这样的人像干部？领人搞建筑呢。我说，这么说，你是老板？他点点头说，也算是吧。我把拿钱的手又缩了回来，我说，我的钱谁都能给，哪怕让狗衔走也不在乎，但我不给老板！他叹了口气，说，我知道我们这号人的名声不好，不借也在情理之中。这样吧，我借你的手机用一下，给老爷子通个电话，过年见不着我，还不知在家急

成啥样呢。

我问他，你是说，你回家是看你父亲？他点点头，说，可不是，我早想把老人接出来，可他恋着老家一直不肯。逢年过节，我就得来回跑，送点钱，说说话。

我似乎看到，那位从未谋面的乡下老汉，正站在村头的寒风里，朝大路尽头张望，期盼着儿子回家。

我说，电话别打了，这票我买了！

我在售票口要了两张去洛阳的车票，我一张，他一张。

上车后，他要我的地址，说回家后把钱还给我。我说，这钱不用你还，票不是给你买的，是给你家老爷子买的，用不着你还！

他说，那，这样吧，我给老爷子带了四瓶好酒，给你两瓶，算作酬谢吧。我不要，三十块钱能给老人买个高兴，买个心安，比啥都强。

乡村温柔

张二最早发现了那封匿名举报信。张二一大早到裤裆地锄玉米。天太旱，玉米苗蔫头耷脑的打不起精神，得经经锄头，切断土壤的毛细血管，让地下的水分润润玉米根须。经过村头的布告栏，张二不经意间朝那儿扫了一眼，就发现了那封举报信：三十二开的绿格纸，是从小学生作业本上撕下来的，字也写得歪歪扭扭。这时天还朦胧着，看不真切，张二把脸凑近，马上便是一惊:原来,前几天那场山火竟是村长天池丢烟头弄出来的!过火面积虽然不是很大,却也让起火点附近的山民损失不小,张二春上栽下的一百多棵杉树全被烧成了焦黑的木炭。这一下好了,树苗钱、工夫钱算是找到了下家。

张二揭下举报信去找支书,要求天池赔偿他的损失。

支书待人很温柔,和人说话老是笑眯眯的。支书从张二手里接过举报信,匆匆看了,举报信便像一根轻盈的羽毛,在空气中滑过一条优美的弧线,落到桌子角上。支书说,张二,忙你的去吧。张二不走,说,不给个说法就让我走?他天池得赔偿我的损失!支书笑了,说,你个没脑子的货,你见天池扔烟头了?张二说我没看见,可举报信上写得黑籽红瓢,清清楚楚。支书沉吟了一下说,你去把天池叫来,我问清楚再说。

天池承认,他确实在山神庙那儿扔过一个烟头,那天和老婆生气,心里烦,就到山上去转,吸过烟,随手把烟头扔到地上,忘了拿脚踩灭,谁知惹出一场山火。支书问他,当时都谁在场?天池说李三,在近处地里剔谷苗。支书又问,还有谁在场?天池说,没了,就李三一个。

支书长出一口气,笑笑,说,你是不是脑子有问题?我怎么记得那天你在家出猪圈粪呢,我找你商量宅基地的事,不就在猪圈边说的?你咋跑到山上去了?又咋会扔下个烟头呢?

天池如醍醐灌顶,一下子醒了,说,是,是,那天我是出猪圈粪来着,脚面还让铁叉扎了一下,现在还青着呢。

吃中饭的时候,支书在布告栏上贴出一张告示,悬赏找那个写举报信的人,说是要大力提倡这种敢于和坏人坏事做斗争的风气,并且言明,找到写举报信的人,奖励现金二百元。

告示贴出不到两小时,副村长李三九岁的儿子便站到布告栏前,把手伸向支书,说,给钱吧,举报信是我写的。支书笑笑说,不会吧,你咋知道天池扔了烟头呢?你小子想骗那二百元赏金不是?李三儿子信誓旦旦,说,举报信真是我写的,是我爸写好让我抄的,语文作业本少了两页,还让老师训了一顿呢。

这时候,村里大部分人都在,哄一声笑了。李三也在,一张脸红成了猴屁股,狠狠给了儿子一巴掌,扭头走了。

支书让人从村委拿来锣鼓家伙,组织村委一帮人,敲敲打打,把二百元钱送到李三家里。弄得热热闹闹,轰轰烈烈。

李三不好做人了,连张二都觉得李三做事不地道,乡里乡亲的,抬头不见低头见,做这种屙血事也不怕断子绝孙? 这不是把天池往牢里送吗? 更有有识之士分析说,天池住牢了,村长不就是李三的了? 可见这人心黑着呢。

当天夜里,李三家的窗玻璃啪一声烂了两块,隔天晚上,啪一声又烂了两块。李三一连换了三茬,可窗玻璃照样烂。大夏天的,苍蝇蚊子把李三家的屋子塞满了,身上红疙瘩起了一层又一层。蚊咬蝇叮的也没啥,农村人谁没让咬过叮过? 李三受不了的,是村里人那眼光,带钩,带刺,能生生刮下二两肉。碰了面,皮笑肉不笑地来上一句:咱也写封举报信,弄二百块钱花花。

夏天没过完,李三一家已不知去向,听说两口子到外边打工去了,儿子被寄养在他二姨家。

这天早上,天池下地干活,见李三的儿子蹲在自家门口,身上落了一层露水。天池的眼一红,叫醒孩子,说,你咋睡这儿呢? 孩子说,我想家,想我爸我妈。天池说,以后别去你二姨家了,住我家吧。说着,掏出一百块钱塞给孩子。孩子不接,说,我爸不让要别人的东西。天池说,那就不让你爸知道。孩子说,我爸说了,不让说假话。

树上还有几只鸟

今天，我给城里孩子上第一堂课。

我原在乡下一所小学任教，那个叫做靠山寨的小学又小又破，中师毕业后我就一直窝在那里，一干就是十多年。前不久，县教育局为了使城乡教育水平均衡发展，实行一年一换的城乡教师交流，我被交流到县城一小。

在乡下时就听同事说，城里孩子特难教，调皮捣蛋不服管，想法特别多，不像乡下的孩子厚道、听话。所以，第一堂课是关键，我要让这些城里的小捣蛋知道，山沟里的老师也不是吃素的。

上课伊始，我撇开课本，把原有的授课内容放到一边，而向学生们提出了一个问题。这是个狡猾而又古老的命题，形式上像是计算，而深层次的意义却是考察学生的思维能力和观察问题的角度。

我的问题是：树上十只鸟，开枪打死一只，还剩几只鸟？

我把问题写到黑板上，拍拍手上的粉笔末，我问，谁能回答这个问题，请举手。令我想不到的是，全班四十个学生，竟面面相觑，没有一个人举手回答。我心里暗暗得意，想，你们这些调皮捣蛋鬼，让我给难住了吧。

见没人主动回答，我只得一个一个提问。

我点了班长于飞：你认为树上还有几只鸟？

于飞站起来，没有直接回答我的问题，反问我说，老师，这样的事发生在什么时候？上周不是还进行爱鸟周活动吗，电视上说，小鸟是人类的朋友，

打鸟是犯法的。

这些捣蛋鬼开始发难了。我想了想说，那么，就算发生在过去，《动物保护法》没颁布之前吧。

于飞点点头说，老师，我还有个问题，打鸟的人使用的是什么枪？是无声枪还是有声枪？我说，就算是有声枪吧。于飞说，他使用的是气枪还是猎枪？

我有点不耐烦了，说，看来你是不想回答老师的问题了？那么好吧，你坐下，让马致远回答吧。

马致远胖胖的，显得有点憨厚，我想，他总不至于生出这些稀奇古怪的想法吧。马致远站起来了，脸红着说，老师，你确定那只鸟被打死了吗？我说确定。马致远说，树上挂没挂鸟笼子？笼子里有没有其他鸟？

我头都大了，这些孩子，脑子怎么这么复杂。我把手向下压压，示意马致远坐下，把刘冬冬叫了起来。我预先告诉刘冬冬，你只需回答，树上还有几只鸟就行了。刘冬冬却说，老师，这个问题我没法回答，因为，你没有告诉我，树上这十只鸟都是健康鸟吗？有没有残疾的和不会飞的雏鸟？

我没理刘冬冬，直接把女同学白洁叫了起来。一般来说，女同学比较守规矩，也顺从老师。我说，白洁同学，老师的问题你听清了吗？白洁腼腼腆腆地回答，听清了。不过，老师，我想知道，树上有小鸟妈妈吗？她肚子里有没有小鸟？

我火了，大声说，没有，都是鸟爸爸！

白洁说，老师，我知道了，如果被打死的那只鸟被树枝挂住没有落下来，那么还有一只，如果它也掉了下来，那就一只也没有了。

这就是城里孩子！

一年后，城乡教师交流结束，换了下一茬，我又回到原来的乡下小学。给孩子们上课时我又把这个问题提了出来。孩子们坐得板板正正，小手背在身后。我刚把问题写到黑板上，还来不及拍掉手上的粉笔末，全班同学齐声回答：一只也没有了。我问为什么？他们又是齐声回答：被打死的掉了下来，其余的被吓跑了。

聪明!

正好那天教育局长到我们学校视察,校长让我作陪。席间,说起我在城里上的第一堂课,很是感慨一番。我说,相比较而言,还是我们乡下的孩子聪明,好教,三秒钟不到,问题就搞定了。局长看看我,又看看我们校长,似笑非笑,意味深长。校长却显得有点尴尬,脸红着把酒杯举起来,说,喝酒,喝酒。

苏保安的错误

苏保安的错误发生在下午五点半,职工正下班的时候。

那个女人远远地向大门口走来,那个女人一出现苏保安就注意到她了。这是个很好看但也很憔悴的女人,眉眼和脸形透着她这个年龄的成熟和干练,也有着做了一天工的疲惫和乏累。女人的工装还穿在身上,显得十分臃肿和笨拙。

女人从门卫室窗口经过的时候,苏保安看到,女人眼里掠过一丝隐隐的慌乱和不安,还有不大自然的微笑,那笑很僵硬,像戴着一副做工粗糙的面具。苏保安还看到,女人走过时,夹紧了右侧的肩膀。

苏保安只知道女人姓杜,具体名字说不出来,是成衣车间的一名职工。当姓杜的女工就要走出大门的一刹那,苏保安从坐着的凳子上站了起来,走出门卫室。这时,他应该说声"你站住"的,但他没有说,就让她这么过去了。苏保安知道,女人的腋下是一件质地柔软的连衣裙,是最近公司新推出的童装。

苏保安也知道,这是偷盗行为,而保护公司财产、制止偷盗是保安的基本职责。

正在苏保安这么想着犹豫着的时候,女人已经走出大门,拐进一条狭窄的小巷。苏保安想了想,算了,权当我没有看到吧。

可苏保安明明看到了,女人就从他的眼皮底下过去的。作为保安,这是不应该的。

第二天上午九点,经理把苏保安叫到经理室,经理的板台一角放着那件童装连衣裙,用一个薄薄的袋子装着,有几朵绣花从袋子里透出来,蓝蓝的,煞是好看。

经理说,你们保安是干什么吃的? 这件衣服是昨天下午从公司拿出去的,从你们眼皮底下拿出去的! 今天早上又还了回来。

苏保安说,我知道。

你知道? 经理十分惊讶,也很愤怒。这么说,你是有意放她出去的?

是的。苏保安点点头,又说了一声,是的。经理,咱不说这件衣服的事,咱说些别的好吗?

没等经理接话,苏保安说,就在昨天下午,我去了一名职工的家,正要敲门时,听到母亲对女儿说,孩子,今天晚上不是要去看望姥姥吗? 我们不能穿得太寒酸,那样,姥姥会伤心的。这不,我给你借了一件连衣裙,你只能穿一个晚上,明天就要还给人家。

女儿很乖,说,可以。

母亲又说,等这月发了工资,妈妈给你买一件。

女儿说,我不要,只穿今天一晚就够了,省下钱好为我爸治病。

母亲哭了,抱着女儿,泪一汪一汪地濡湿在女儿的脸上。

进去以后我才知道,女工的丈夫半年前遭遇车祸,成了植物人,她花光家里所有积蓄,还欠了一屁股债。她每月的工资,除了留下一百元作为母女的生活费用,其余的全为丈夫治病了,也就没钱为女儿买衣服。说到这里,苏保安突然问,经理,这件衣服的出厂价是多少?

经理说,八十元,你问这个干什么?

苏保安哭了,他说,八十元她都掏不起啊,经理! 我没想到她会还回来……这件衣服的钱我掏了。

经理问,这个女工是谁?

我不能告诉你。真的,我不能告诉你,我知道那将意味着什么。

经理说,你必须说!

我不说! 苏保安说得很坚决,我情愿自己下岗。

经理低头在一张便笺上写下几行字,然后对苏保安说,你明天不用到门卫室上班了。

苏保安说,可以,但你也不要再追查衣服的事了,好吗?

苏保安说罢扭头要走,经理叫住了他。

苏保安问,还有事吗?

有。经理的眼睛也有些发红,他把刚刚写好的那张便笺连同连衣裙递给苏保安,说,请你到财务科支取一千元现金,和这件衣服一起送给那名女工,就说是公司的一点心意。还有,你今天就到工会报到,把那一块的工作好好抓抓。

我爸这个人

我爸这个人,说他是个马大哈一点都不过分。如果他是使牲口犁地的农民也就罢了,多一犁少一犁的无关大局,最多来年少收几斤粮食。可他是

开粮店的，做生意的，经手的米面粮油可都是钱。我们湖桥镇是个大镇，门店的营业额哪天都不下二千元，一着不慎，亏的就不是小数目。

就这，还让我跟他学做生意，还给我讲生意经，什么风天不卖棉，雨天不买盐呀，等等。他说，小子，好好跟爸学吧，做生意学问大了。我这个耳朵进，那个耳朵出，一句也没听进去。不是说我爸说得不对，都对，可他说和做老差那么一截，真照我爸的生意做法，要不了几年，一家人就得去喝西北风。

那天，镇东头的二奶奶来买油，提着个挺大的塑料壶，递上来4元钱，说，大侄子，给买4块钱的油。我爸笑嘻嘻接了钱，一边打油一边和二奶奶闲聊。打好油，二奶奶提着油壶走了。我问我爸，你打的那是多少油？我爸问我，怎么了？我说，怎么了？人家给的是四元，不是四十元！你给打了一斤半还多！我爸恍然大悟似的，说，只顾说话了，没好好看秤。又说，多给就多给了吧，二奶奶怪可怜的，儿子掉架子死了，带着个孙子过日子，够难的。

可有时我爸这人又斤斤计较，分毫不让。镇街当腰的刘文焕，家里开着煤矿，钱多得没地方放。可他老婆特小气，还刁钻蛮横，不分横竖丝。去年夏天，她在我家粮店买了十斤面，拿回家没多长时间，又给掂了回来，说我家卖的面生了虫子。连说带骂，不依不饶。我爸解开口袋，抓出一把，放到阳光下仔细看了，问她，文焕家的，你别吵，也别闹，就说这事咋了结？女人说，咋了结？假一赔十，你家店门上写着呢。我爸又问，你是说，让我赔你一百斤？女人说，唾沫吐地下还能再舔起来？

我爸不急不恼，抓一把面粉摊在掌心举给围观的人看，说，新面粉松散，有股子麦香气，陈面粉发乌发涩，再说，我家粮店的面粉，袋子底下都有出售时间。你这袋面是去年买的吧？

被揭了老底，刘文焕家的悻悻走了。我爸说，做生意我不欺人，欺人是为不义，但也不能被欺，被欺就是无能。这种女人蹬鼻子上脸，一次也不能让她！

转眼间到了收购大米时节，我们粮店的米都是从原阳收来的，原阳稻子是黄河水浇灌，性凉，筋道，出饭，好吃，湖桥镇四千多口人都好这一口。头天晚上,我爸和那边联系好,让他们把米弄到村头等着,九点准时收米。一大早我爸就把我喊了起来,开车前往原阳,过黄河桥没多远,我爸突然问我,咱带秤没有?我说都是你安排的,我怎么知道。我爸说,你这个兔崽子,怎么丢三落四的。说完自己先笑了,咋就把秤忘了呢?我停下车说,没带秤还收什么米,改天再来?我爸狠狠瞪了我一眼,说,生意能这样做?说好今天去收米,就得今天收,失信于人,以后生意还做不做了?我说,可咱们没带秤呀。我爸说,没带秤也得收!

人和米果然都在村头上候着,拉车的,挑担的,摆了一长溜。我爸掂起一个米袋子,问主人,在家称过了吧,多少斤哪?对方报了数量,我爸让记在小本子上,把米倒入车子。接着是第二个,第三个……

我把我爸拉到一边,说,这样收米行吗?爸说,怎么不行?村民卖米怕受骗,都在家事先称过,不会错的。村里人见我爸没带秤,也很奇怪,就问咋回事。我爸说,走得急,忘了,以各家称过的数量为准吧。

返回路上,我说我爸,你这样做可是有点冒险,有人多报了咋办?我爸说,如果今天咱不来,人家不就白跑一趟,以后谁信你?放心吧,即使有人虚报数量,也只是少数,赔点也是值得的。

回到湖桥镇,我把大米过了秤,竟出乎意料多出来三十斤。我对爸说,是不是他们记错了?或者,他们家的秤有问题?我爸摇摇头,说,不是,一定是他们故意的,他们害怕有人不自觉多报数量,坏了村里名声,就一家少报一点,结果米就多出来了。

我哦了一声:是这样?

我爸说,你给我记好了,做生意最忌贪小便宜,赶明儿,把多出来的米钱送回去。

我说,爸,你压根就不糊涂啊?我爸说,我啥时糊涂过?我说起二奶奶打油的事,我爸笑笑,说,小子,跟爸好好学着点吧。

树上还有几只鸟

第五辑

污渍

快下班的时候,虎威说,今天我请大家吃饭。虎威是在办公桌前说这句话的,为了显得郑重其事,他还特意站起来,半侧着身子,面向处里所有人。人们埋头忙着,没人响应虎威,也不看虎威一眼,弄得虎威很尴尬很难堪。

处里没人把虎威当回事。别看虎威的名字挺吓人,父母却没给虎威一个名至实归的身板和模样,一米六几的矮个,一张咋看咋别扭的瘦长脸。在处里,虎威也算得老资格了,可像打水、拖地、抹桌子、倒纸篓这些活都是虎威的,像个受气的小媳妇,连刚刚分来的小青年也敢把虎威呼来喝去,支使得团团转。

虎威是大学毕业那年当上科员的,一直做到儿子大学毕业,和他一起进单位的,比他晚进单位的,有的上了副处、正处,有的上了副局,最差的也弄了个正科。可虎威就是动不了窝,而且,至今也没有要动窝的意思。人微自然言轻,连请大家吃饭这样的好事都没人响应!

虎威受不了啦,黑瘦的窄脸一派酱紫,但又不好发作,他转着桌上的茶杯,提高了声调,说,今天我请大家吃饭,在格林兰酒店,大家一定赏脸啊。处长说,我说虎威,你请客总得有个名目吧,师出无名,我们怎敢打扰啊。虎威说,为我儿子工作的事。处长问,都跑好了?没想到你虎威不吭不哈就把事办了?真是人不可貌相,海水不可斗量啊。虎威说,还没有,局长还没签字。处长说,那你请的哪门子客?没过河先湿脚,这一顿饭下来可不是小数。

虎威笑笑,没说什么。

没人知道虎威怎么请动了局长,这可是天大的面子,局长的脾气大家都知道,这种场合他从不到场,谁请也不行。局长打扮得很精神,身着一套牙白色休闲装,显得洒脱,飘逸,大度。大家就问局长这套衣服在哪买的,高雅不俗,一定是名牌吧?局长含糊其辞地笑笑,没说什么。那盘清蒸鲫鱼上来的时候,虎威正给局长敬酒,端着酒杯,毕恭毕敬地站在局长一侧。服务员刚要往桌上放鲫鱼,虎威手臂一抬,半盘子汤汤水水倒在了局长胸前,弄出一大片花红柳绿的污渍。局长虽没说什么,可脸色十分难看。虎威打发服务员去拿毛巾,他对局长说声失陪,便出去了。不大一会儿,虎威提着一个纸袋进来,掏出一套休闲服。局长说,你这是干什么?虎威嗫嚅着说,我把局长衣服弄脏了,买件换换。局长定定地看着虎威,看得虎威心里有些发毛。而后,局长笑了,把衣服换上,端起酒杯,说,喝酒,喝酒。

席散以后,虎威打车回到家里,妻子问,成了?虎威说,成了。妻子问,局长穿上了?虎威说,穿上了。妻子又问,局长知道衣服的价钱吗?虎威说,局长又不是傻子,一看牌子不就知道了。虎威说时,心里酸酸的,说,我这辈子头一次像狗一样给人送礼,你知道我心里是啥滋味吗?妻子的眼睛也湿了,说,难为你了,还不是为了孩子……

第二天刚到班上,处长就对虎威说,局长找你。虎威就问什么事。处长说他不知道。见了虎威,局长从抽屉里摸出二千元钱,说,想不到你虎威也会来这套,而且比别人玩得更有水平,更上档次。局长说时很严肃:你以为你做得天衣无缝,很聪明是吧?不聪明虎威,而且很笨,很蠢,蠢到天边了。凭你虎威,能在那么短的时间内买来如此合身得体的名牌衣服?还有,局长说,我还知道,你预先买好的衣服就放在收银台上,等服务员上菜,你再故意撞翻盘子,弄脏我的衣服——这都是你提前预谋好的是不是?

虎威叹了口气,说,还不是为了孩子。你怎么知道得这样清楚?局长说,这个先不告诉你,你把钱收下再说。虎威不收,往后缩着身子。局长说,你

117

不收是吧？好办,那就让你儿子在家待着吧。

虎威说,这么说局长同意我儿子来上班了？局长说,我啥时拒绝你了？不过咱局的情况你知道,人满为患,挤不进来,我给你联系了另外一个局,昨天晚上敲定,明天去办手续吧。

虎威突然想起,局长还没告诉他答案哩。又问,局长说,很简单,收银台那个姑娘是我女儿,大学毕业进了这家酒店。虎威眼里的泪就出来了。

西瓜甜不甜

老洪究竟照过多少相,他自己也说不清楚,过去时兴相册时,老洪有十二本,家里放了八本,单位放了四本。每本相册都夹得满满,有老式 120 相机照的,也有 135 相机照的,有大的,有小的,有黑白的,有彩色的,有单个照的,也有集体合影。部分黑白照片被老洪做了加工,老洪买来加工照片的专用颜料和毛笔,经过一番精心涂抹。于是,老洪的"腮帮"变成粉红色,像抹了胭脂,那件灰不溜秋的衬衫,变成时兴的草绿,鲜亮而且耀眼。那时老洪二十岁,在商业局办公室搞文案,手里自然有大把时间,可以很惬意、很专注地在照片上打扮自己。

后来老洪就当了领导,照合影的时候,大家让老洪领头喊茄子,老洪舌头压下颌,双唇微张,脆脆来了一声:茄子——

大家跟着应和:茄子——

喊这两个字时,大家的口形特帅,特好看,嘴似张未张,牙似露未露,一副拾了金元宝的样子。后来不兴喊茄子了,照相时都喊西瓜甜不甜？老洪与时俱进,也喊西瓜甜不甜。照合影的人拿好架势,摄影师把手按到快门上,老洪极为洪亮地来一声:西瓜甜不甜？大家一齐回答:甜——

啪一下,人就留在了相机里。

老洪一喊就是几十年,一直喊到退休。

老洪终于不喊茄子,也不喊西瓜甜不甜了。老洪要退休了。单位照例要和老洪照合影。合影照在办公楼前照,背后一幢十六层的高楼,两边各有一排大叶女贞,四个花坛,绿草如茵,月季怒放,一派勃勃生机。

老洪去时,单位的人已经坐好,空着两个空位,一个在正中间,一个在稍偏些的位置。老洪慢慢走向正中间的位置,即将落座时,突然想起,自己已经退了,那位置不再属于自己了。于是拐个弯,走向稍偏些那个位置。

摄影师把手按到快门上,有人就说,老洪,喊呗。老洪问,喊什么？大家说,还能喊什么？西瓜甜不甜呀。老洪其实也是想喊的,可他喊不出来,一来呢,有新领导在场,轮不着自己喊;二来自己退休了,心里有那么点不痛快。尽管老洪知道,退休这事很正常,六十岁了就得退,是国家规定的,谁也无法改变。可老洪还是有些失落。老洪说,让领导喊,我喊了一辈子了,该换个人喊了。大家不依,非要老洪喊,说老洪喊得响亮,喊得好听。新领导也说,喊吧老洪,这么多年了都是你喊,大家听惯了。

老洪还是喊了,声音不高亢也不洪亮,老洪声音一向很高的,高腔大亮壶,吵架似的,二里外都能听见。可这天,老洪突然降低调门,蚊子哼似的,大家那声:甜——也就应得稀稀拉拉,参差不齐。照片印出来,大家的口形不对劲了,一个个打盹似的,哪有丁点微笑的样子。新领导十分不满,说,这是给老领导照留念照呢,咋照成这样！

说话间就到了七月,单位到中牟拉回一车无籽瓜,分给在职人员降暑降温。新领导指示,给老洪也分一份,老领导刚刚下来,咱不玩人走茶凉,不玩前浪推到沙滩上,那多没情义。新领导和办公室主任亲自把西瓜送到老洪

·119·

家里。老洪和老伴切开西瓜，款待新领导。西瓜不错，黑皮红瓤，刀一搭上就是咯嘣一声，红色汁液淌到茶几上，很快凝出薄薄一层糖霜。老洪连呼，好瓜！好瓜！这时，新领导朝正面墙上一瞥，正好看到那张合影照，挂在墙壁正中位置，还镶了暗红色的镜框。

新领导不由怦然心动，对办公室主任说，你安排一下，咱和老领导再照张合影。老洪说，照什么照，这个不挺好吗。新领导说，好什么好，咱重照。

重照合影那天，老洪的位置仍是原地方，办公室把各自姓名贴好，新领导挨个看过，把自己的位置和老洪的做了调换，把老洪换到正中间。摄影师架好机器，举起手来，说，大家注意，要照了。新领导说，别忙，让老洪喊西瓜甜不甜。老洪这回没推辞，说，喊就喊。西瓜甜不甜——

大家齐声回答：甜——

咔嚓一声，摄影师按下了快门。

第六辑

夜晚的太阳

秀老师以为，那是一轮大山里刚刚露头的太阳，湿润而又温暖。秀老师有些发白的嘴唇抿了抿，脸上浮出一抹笑意。她想，这不晚上吗？太阳怎么出来了？

走在晨光中

走出城区,跨上通往小陈村那条乡间公路,南县长不由长长吁出一口浊气,伸开双臂做了几个扩胸动作,然后岔下水泥路,走进不远处的玉米地。时至初秋,玉米正是绿叶红缨时,玉米棵上缠绕的豇豆,紫色花朵正撒着欢开放,整个田野弥漫着一种清新纯净的气息。南县长随手揪下一片黄豆嫩叶,在脸前象征性地扇了几下。

南县长喜欢早上一个人出来转悠,今天转到城东,明天转到城西,到了后天,或者是城南,或者是城北。转足转够,在城边虎记小吃摊要碗胡辣汤两根油条,狼吞虎咽吃下,大手朝嘴上一抹,直接前去上班。

好多人知道南县长这个习惯,那些进不了县政府的农民、市民,有了事直接在乡间小路上堵他,要求帮着解决问题。对此,南县长很有些怨言,他对政府办主任老刘发牢骚说,我他妈这步散的,变成现场办公了。老刘笑笑,说,政府门口有保安守着,那些人不是进不来吗,只能在路上堵你了。南县长想想还真是这么回事,就对老刘说,把政府门口的保安撤了吧。

南县长正拿黄豆叶子扇风,一辆农用三轮开过来,一股股黑烟在晨风中弥散开来,蹿进南县长鼻孔。南县长皱皱眉头,暗暗骂道,这个懒蛋,自己使的家伙不知道维护,滤芯早该换了。正要和司机说滤芯的事,农用三轮却陷进泥坑,使劲吼叫几声便没了声息。司机跳下车子,查看一番,便骂开了:路坏了几个月了,也不知道修修! 这县长是咋当的! 骂完,招呼南县长,伙计,帮着推推车子吧。

南县长心里不大舒服,求人帮忙,还骂人家,这人真是混到家了。南县长说,小伙子,路坏了没修是县长的错,可你犯不着骂人家呀。司机说,我咋不能骂? 你和他又不是亲戚,谁叫他不把路修好呢。

南县长不是吃亏的主,手搭到车后厢上,嘟囔着还了一句! 骂过了,南县长气顺了,说,伙计,给油门。

车子出来了,车轮带起的泥水甩了南县长一身,南县长苦笑一声,说,小伙子,我这裤子可是今天出门时穿的, T恤衫是昨天洗的,看弄成什么样子了。小伙子不好意思地笑笑,说,对不起老哥,要不,我给你洗洗? 我家是小陈村的,不远。南县长摆摆手,说,算了吧,我回去自己洗。两人站在路边攀谈起来,小伙子说,小陈村家家种大棚菜,可老发愁卖菜,收了菜卖不出去,商人一听是小陈村的,合同就不签了。为啥? 路不好呗,车进不来呗。南县长说,我得劝你一句,瓜是瓜,瓠是瓠,这缸不搅那缸醋,以后嘴上留点德,别乱骂人。

一个月后,通往小陈村的公路修好。通车那天,南县长亲自去了,先坐车在路面上查看一遍,见该补的补了,该修的修了,平平展展,畅行无阻,这才站在路边,和交通局长商量道路的维护问题。那个小伙子开着农用三轮过来了,拉了一车萝卜,青翠欲滴。见了南县长,小伙子说,老哥,你也来了? 路修好了,今天不用你推车了啊。交通局长一听就笑了,指着南县长说,你知道他是谁吗? 小伙子说,不知道,我只记得他帮我推过车,新裤子新T恤弄得水湿。交通局长说,他就是咱南县长,这条路就是他让修的。小伙子不好意思了,脸红着,说,对不起啊南县长,那天……那天……我不知道,骂了你。南县长拍着他的肩膀,说,算了,算了,不打不相识嘛,可话说回来,那天我也没有吃亏,你骂了我,我也骂了你,还多骂了你一句呢。以后呢,南县长指指交通局长,说,以后路不好了你骂他,别骂我。不过,现在讲文明,咱俩谁也不要骂人了。

夜晚的太阳
第六辑

小伙子双脚并拢,来了个敬礼动作。小伙子肯定没有当过兵,那礼敬得不伦不类。

乡亲

　　客厅里的电话一阵紧似一阵响了起来,刚要爬出暖烘烘的被窝,被妻子一把拉住,她说,别管它! 让它响去! 电话铃声响过一阵,停了。没过两分钟,却又固执地响了起来。看那架势,如果不接,它敢一直响到天亮。

　　电话是同村的鲁子明打来的,他在电话里火急火燎地说,二娃呀,你兄弟媳妇眼看就要生了,拉到医院,医院说没有床位,你看急人不急人! 你快点过来一趟,帮着安置医院。我说行,我这就过去。嘴里说行,其实心里老大不情愿,数九寒天,大街冻得裂口子,穿穿脱脱,脱脱穿穿的,真不是个滋味。妻子说,村里什么破事烂事咋都找你? 真是的!

　　我说,哪个龟孙愿意这样! 可谁让我是二娃呢? 谁让我是靠山村的人呢? 谁又让我住在城里呢?

　　自从大学毕业,在政府办谋了个小职员位置,把家安在了城里,我就没过过一天安生日子,半夜三更把你叫起来的事,每月都能遇上三两起。二旺家的孩子考上城里一中,正出正入的事,可他非要我陪着去报到,安排食宿,好像我不去,人家就丢下他孩子不管似的。奎安和外村为地界的事打官司,法院已经调查得清清楚楚,他家占着理,可他也要把我拉上壮胆。我说,我又不是省长县长，去是五八，不去是四十，都一样。奎安不答应，说，你虽不是省长县长，可你是二娃呀，谁叫咱是一个村的呢。

去年腊月，保中到工程公司要欠款，头天晚上就给我打电话，让我跟他一起去。可我当时正好随于副县长下乡，回不去。我在电话里对他说，我实在回不去，要不，你去找一下齐主席，让他陪你去，他说话比我响多了。齐主席也是靠山村的，二十几年的勤勉努力，已混到了正处。论职务，论名气，不知比我这个小科员高出多少。可靠山村人也怪，放着主席不找，偏偏爱找我这个小科员。

保中一听要他去找齐主席，就冷冷笑了，说，找他？算了吧，有口热气我还暖肚子哩。

保中打着我的旗号去了工程公司，他对人家说，我劝你们还是把钱给我结了，要是等二娃出面你脸上就不好看了。二娃认识吧？他和我一个村，一块玩尿泥长大，好得穿一条裤子。人家就问，二娃是谁？保中当时一愣，问，二娃你都不认识？政府的！保中说得豪迈、大气，而又盛气凌人。对方就笑了，说，大娃我都不认识，怎么会认识二娃？

保中当然没要到钱，他归咎于我没和他一起去。他说，要是你二娃出面，他还敢那样嚣张，敢说半个不字？

可村里这些事我又不能不管。我和齐主席不一样，我父母下世的时候我才八岁，无依无靠，走到谁家吃谁家，躺到谁家睡谁家，靠吃百家饭长大。考上大学那年，村里专门召开了村民大会，支书说，二娃考上了大学，这孩子没爹没娘，大家说说，他的学费咋交？大家说，这还用问？一起凑呗！

靠山村对我恩重如山，他们有事，我能站在干滩上袖手旁观？

赶到医院，鲁子明和他儿子站在医院门口等我，冰冷的夜风里，冻得吸吸溜溜，鼻涕流出来老长。他待产的儿媳妇躺在旁边的架子车上，高一声低一声地哼唧。我说，你们先在这等一会儿，我找他们院长去。

其实，我根本不认识院长，我找的是一个姓罗的医生。我和罗医生也只是一面之交，去年开人大会时坐的邻座。罗医生还算给面子，我说了鲁子明

家生孩子的事,罗医生在产科病房临时加了床位,收下了鲁子明的儿媳妇。鲁子明千恩万谢,说,不是你二娃,这孩子非生到大街上不可。有你二娃,咱全村人可都跟着享福了!

春节时我回了一趟靠山村,像往常一样,这家一顿那家一顿,大鱼大肉地吃了三天百家饭。回城时,一村人都在村头上等着我,拿着成筐成篮的鸡蛋、蜜汁醉枣、经过精心挑选的核桃、花生。这么多的东西我当然难以带走,一家抓了一把,塞进自行车的铁篓。出了村口,他们还在我后面跟着。我说,回吧,天冷,小心着凉感冒。他们说,正月天大家都没事,再往前送送吧。

正说着话,齐主席的轿车从村里开出来,在冬天的阳光下显得明光锃亮。经过我们身边的时候车子没有减速,荡起的浓黄色烟尘眯了好多人的眼睛。人们冷冷地看着飞驰而去的轿车,没说一句话。

骑在车上,我一直在想,我给村里人做了什么?没有,都是鸡毛蒜皮的小事,不就是孩子上学报到,生孩子住院,陪着打打官司吗?一点小事,他们倒放在心里了,乡亲们也太容易满足了吧!

夜晚的太阳

小军是在课间操弄丢那只篮球的。当时,小军和几个同学在球场上玩那只篮球,练习投篮。说球场有点夸张,不过是三年前秀老师带着学生平出的一小片空地,拔去葱茏杂芜的青草,捡走砖瓦石块,低洼处用黄土垫平。

篮筐也非铁制,是用山里的青藤编成的,秀老师按照正规的篮筐尺寸编好,放到太阳底下晒干,固定在一棵椿树半腰。秀老师也很喜欢这只篮球,球传到秀老师手里,她接了,放到眼前,端详那么好一阵,直到大家催她快传,她才淡淡一笑,不舍地撰给下一个同学。

篮球是秀老师的男朋友从城里带来的,三年了,球早玩得少皮没毛,破旧不堪,白唧唧的。学生们要求秀老师,老师,让你男朋友再给咱带个吧。正笑的秀老师不笑了,好看的脸立时布满下雨天才有的云彩。同学们这才想起来,秀老师的男朋友好久没来了,一年? 两年? 哦,整整三年了。大家无声地看着秀老师。秀老师阴了一会儿脸,叹一口气,吃力地把球投向篮筐。

玩球是山村小学的唯一乐趣,大家把这只篮球视若珍宝。

可篮球却让小军给弄丢了。其实也不是丢,是掉到球场外山涧里去了。山涧紧挨着球场,深不见底。当时,小军来了个投篮动作,可不知怎么的,球像长了翅膀,飞越两米高的围墙,蹦跳着滚进了山涧。同学们立马把小军围起来,七嘴八舌,嚷着让他赔。小军也心痛得哭了起来,要下山涧找回篮球,被秀老师阻止了。秀老师说,坡陡路窄,万一摔伤了怎么办? 旧的不去,新的不来,过几天我回趟城,给大家买个新的。

中午回家吃饭,小军问奶奶,奶奶,你有多少钱? 奶奶说,要钱干啥? 又要去买小人书啊? 小军说,不是,我把学校的篮球弄丢了,要赔大家。奶奶说,我没钱,你爹妈出去打工,把你撰给我,也没拿回多少钱。奶奶说着,掏遍所有口袋,只有六块五毛钱。小军泄气了,这点钱够干什么? 差老鼻子了!

整整一下午,大家都沉浸在丢失篮球的悲愤中,上着课,不时拿眼光去剜小军。谁的目光盯过来,小军身上的肉便像针扎一样难受,他趴在桌子上抬不起头。秀老师走到小军身边,摸着小军乱蓬蓬的头发,悄悄说,孩子,把头抬起来,老师知道你不是故意的,是意外。明天,我保证让大家玩上球,好吗?

下午送走学生,秀老师开始做饭,柴火有点湿,弄出一屋子的烟雾,那烟从窗户眼钻出去,弥散在山野和丛林间,久久缭绕不散,像一顶纯白的帽子扣在山上。秀老师握着手电筒走出了校门,沿着那条曲折狭窄的小路走向

山涧。

秀老师是在天黑后看到那只篮球的。手电黄色的光晕中,它像个无依无靠的孩子,静静地躺在崖壁间一蓬黄栌丛中,距地面约有三米。秀老师拿两块石头夹住手电,照着那只篮球,然后,身子紧贴崖壁,向上攀爬。这段不长的距离,秀老师整整爬了二十分钟。在整个攀爬过程中,秀老师始终处于兴奋状态,她想象,明天孩子们看到这只失而复得的篮球,不跳三尺高才怪呢。秀老师够到了那只篮球,伸出左手,指尖轻轻一挑,篮球蹦跳着滚下来,无声地落入乱石杂陈的地面。

也就是这时,秀老师脚下的风化石发出一声不堪重负的呻吟,碎裂成一堆粉末,秀老师来不及反应,便从崖壁上摔了下来……

秀老师侧身躺在地上,手电被她下落的身子砸倒,恰好照着地上的篮球。篮球罩在手电黄色的光晕中,边沿闪烁着金色的光芒。秀老师以为,那是一轮大山里刚刚露头的太阳,湿润而又温暖。秀老师有些发白的嘴唇抿了抿,脸上浮出一抹笑意。她想,这不晚上吗? 太阳怎么出来了?

写博的富有者

心情郁闷的时候,商子凡喜欢上网翻博客。虽是无病呻吟,虽是陈词滥调,商子凡也总能于杂乱无章中寻点乐趣出来,然后哑然一笑,心情慢慢好了起来。

可今天晚上，一个叫作清水瑶的博客却把商子凡惹着了。

清水瑶是个富有者，他在博客中披露的信息显示，身家至少数以千万：大奔两辆，别墅两处，老婆两个，早上去喝胡辣汤，也买两碗，喝一碗倒一碗。有两辆大奔不奇怪，两处别墅也不奇怪，可两个老婆就引起了商子凡的反感。我们是法制社会，实行的是一夫一妻制，这是《婚姻法》明确规定了的，怎么可以把两个老婆也写进博客呢？这不是明着挑战法律，挑战社会吗？

商子凡骂了一声什么玩意！又朝地上呸了一口，洗脸，刷牙，蒙上被子睡觉。

周六，弟弟过来看他，掂了一斤猪头肉，一斤五香花生，外带一瓶二锅头。商子凡是从县城调到一家小报的，还没有在省城买下房子，租住在都市村庄的民房里。去年，他把弟弟从乡下弄出来，在城东新区找了一份临时工干着。每到星期天，哥俩凑在一起，就着猪头肉、花生米干上一瓶二锅头，已成为不变的节目。喝着酒，商子凡说起了清水瑶，说起了大奔别墅，说起了两个老婆。商子凡说，这人狂得没谱了，怎么能把这些东西写进博客呢？显摆什么？不就是有两个臭钱吗？有钱就可以娶两个老婆？胡辣汤就可以喝一碗倒一碗？我要见到这小子，非抽他两个大嘴巴不可！弟弟笑了，说，哥，管好自己就行了，博客不都是写着玩的吗，关你什么事。商子凡说，是不关我的事，可我咽不下这口气！你过你的好日子也就罢了，到网上臭美什么？弟弟说，你真想见识见识这个人？

当然，商子凡说，我要看看他到底是何方神圣！

弟弟说，明天吧，我带你找他去。

你认识他？商子凡看着弟弟。弟弟一笑，把杯子端了起来，说，喝酒，喝酒。

第二天，弟弟带商子凡去了东区，七拐八弯，在毛毡搭成的工棚里找到了清水瑶——竟是弟弟的室友！一个普普通通的打工仔！商子凡发现，这个临时工棚收拾得相当干净整洁，床单洁白，一尘不染，两床之间的简易书架上，摆着十几本厚薄不一的书籍，商子凡留意了一下，文学占了大部，老

129

舍、巴金、莫言,也有当下走红的须一瓜、鲁敏。那台老掉牙的电脑显然是网吧淘汰下来的,显示器右上角有一道深深的划痕。清水瑶正趴在那儿写博,见弟弟领个生人进来,忙从砖垒的凳子上站起来,粗糙的手掌搓得沙沙啦啦响。

商子凡笑了,清水瑶竟是这么个富有者!

交谈中商子凡得知,清水瑶家在豫西山区,差几分没能考上大学,又不愿闷在大山深处,就跑出来打工挣钱,过自己想过的日子。收了工,别人上街闲转,蹲在马路边上看女人。清水瑶不逛街,不看女人,看书,写博。

他对商子凡说,我知道,那是虚拟的东西,可它却能让我快乐。能让人快乐的东西就是好东西。

可是,商子凡说,你可以写点别的,没必要把自己打扮成亿万富翁啊。他说,不错,我是打工仔,是贫穷者,出力流汗,吃青菜萝卜,很难见到荤腥。可人得有精神呀,憧憬,想象,就是精神! 一个贫穷者,如果连幻想的空间都不给自己留着,活着还有什么劲?

商子凡说,那么,两个老婆又是怎么回事? 清水瑶说,他真有两个老婆,一个是前妻,一个是现任。前妻是个不错的女人,可她受不了穷,跟收山货的商人跑了,我又娶了现在的妻子,这不是两个老婆吗。

原来如此!

到了吃饭时间,清水瑶问商子凡,咱们喝点?

喝点就喝点,商子凡说。

酒菜上桌,清水瑶夹起一块猪头肉,举向商子凡,来,商哥,咱吃鲍鱼。夹起花生米,说,来,咱吃龙虾。旋开二锅头瓶盖,清水瑶把杯高高举起来:商哥,来,咱喝茅台!

咱也骗老妈一把

儿子打来电话的时间是晚上十点十分,其时,叶俊秀正看一部游本昌主演的电视剧《我的老爹》。这是叶俊秀第二遍看这部电视剧了,她觉得游本昌的表演诙谐幽默,细腻完美,把那种父亲与儿女的亲情演绎得淋漓尽致,真不知道演员的脑子是怎么长的,咋就演得那么像呢。十点九分,叶俊秀打算睡觉,这是她多年养成的习惯,早睡早起。当然叶俊秀并不是从健身角度考虑,她不到公园跳健身操,也不去舞剑打太极,而是一种需要。她必须五点准时起床,蹬上三轮到她承包的路段去扫马路,然后赶往一户姓刘的人家,给一个老太太做午饭,顺便抹桌、拖地、洗衣,清理卫生。

叶俊秀刚从沙发上起来,准备洗脸刷牙,放在茶几一角的手机响了。都这时候了,谁会来电话呢?叶俊秀心里嘀咕着,翻开手机盖一看,是儿子,心里不免有些紧张。叶俊秀的儿子叫董欣,在杭州读大三。一般情况下,董欣一个月来次电话,电话内容主要有两项,一是问候妈妈,二是要当月的生活费。

每次儿子先收线,叶俊秀的手机却还贴在耳朵上,久久没有放下,对着电话自说自话:你个傻小子,不能陪妈多说会儿话呀?怨过了,叶俊秀反倒笑了。儿子懂事,知道爸下世早,妈一个人供他上学不容易,是在省电话费呢,省电话费就是为家里省钱。

　　儿子上次来电话的时间是上个月三十日,当月生活费业已打到卡上,仅仅相隔十天,却又打来电话,一定是出了什么事!

　　叶俊秀颤抖着按下通话键,儿子的声音便从千里之外传来,儿子喊了一声妈——

　　叶俊秀忙问儿子,钱不是打到你卡上了吗?没收到?儿子说,收到了妈。我打电话不是要钱,是……

　　叶俊秀是个急性子,打断儿子,说,快告诉妈,出了什么事?儿子说,没事,我会有什么事呢?只是……只是……

　　叶俊秀见儿子吞吞吐吐的,更急了。现在外面世界乱,二十来岁的儿子孤身在外,难免碰上山高水低的事,他一个孩子,无法应付也在情理之中。忙问儿子,只是什么?不管事大事小,说给妈,妈给你想办法。儿子却说,妈,真的没事,只是……

　　儿子话没讲完,电话里先是一连串嘟嘟嘟的声响,之后便没音了。

　　叶俊秀断定,儿子一定出了事!而且不是小事,凭儿子的个性和脾气,小来小去的,不会这么晚打电话。

　　放下电话,叶俊秀一直处于惴惴不安之中,在猜测儿子到底出了什么事,小兔崽子谈了朋友?年轻人不知深浅,整出事来了?或者,银行卡丢了?没钱花了?这小子从小马虎,丢三落四的,说过多少次不见改。或者,和同学打架了?年轻人爱冲动,伤着人可不是玩的……

　　这天晚上叶俊秀基本没怎么睡,咋能睡得着呢?她就一个儿子,没兄弟没姐没妹,早早地,丈夫丢下她和儿子走了,儿子便成为叶俊秀的希望,叶俊秀的未来,叶俊秀的一切,如果儿子出事,叶俊秀还怎么活下去?

　　叶俊秀不停拨打儿子手机,一次,两次,三次……儿子电话老处于无法接通状态。

　　叶俊秀决定,马上赶往杭州,天明就出发!

　　叶俊秀是在宿舍见到儿子董欣的,儿子刚刚吃过午饭,坐着,和几个同学一起,聊得一塌糊涂。见了叶俊秀,儿子脸上浮现一抹诡谲的微笑,他问,妈，你怎么来了？叶俊秀说，你出了事，妈咋能不来！同学们面面相觑，齐问董欣，你出事了？出了什么事？叶俊秀说，儿子，你就别瞒着妈了，说吧，事大事小，妈给你顶着。儿子说，妈，真没什么事，我会出什么事呢？叶俊秀还是不信，说，无事无非你打电话干什么？董欣不好意思地笑笑，说，我……我……是想给你放假，让你到杭州玩几天。叶俊秀说，你小子，明说呀。董欣说，你那脾气我不知道？明说了，你舍得放下工作来旅游？我马上大学毕业了，要离开杭州了，不陪你看看西湖，看看灵隐寺，我这儿子当得也太没良心了。

董欣一番话，说得大家眼睛潮潮的。

叶俊秀眼睛也湿了，吧嗒一声，泪就落了下来，说，算你小子有良心，心里有妈，可你个小兔崽子知不知道，这一趟耽误妈多少活儿？叶俊秀又对大家说，你们千万别跟他学，骗人骗到老妈头上了。

那一群同学都说，咱也骗老爸老妈一把。

一夜无梦

最近，展圻老做梦，那梦大多是噩梦，要么，在空旷的大山里被狼追，被狗撵。要么，是一群看不清面目的人拿着棍棒狠劲揍他，揍腿，揍腰，揍胳膊。展圻想跑，尽快摆脱追撵他的狼们狗们，可腿像长在别人身上，就是跑不快。惊醒过来，展圻的真丝睡衣早被汗水湿透，头发也像拿水刚刚洗过，一颗心

扑扑腾腾跳个不停。

这种梦，如果只做一两次也就罢了，可展圻经常做，夜夜做，把壮壮实实的大男人弄得病秧子似的，打不起一点精神。小米粥安神，展圻就喝小米粥，每天睡前一碗；蜂蜜利眠，展圻一下子买来二十斤，加了蜂王浆喝。展圻也曾求助于中医、西医，吞了不少中药、西药，甚至，还请过世外高人为其禳福祛邪。无奈，那梦仍然做得颠三倒四，一塌糊涂，狼照样追，狗照样撵，人也照样揍他。

一位退休的商界元老告诉展圻：你这是累的，抛开俗务将息一段自然就没事了。展圻不信，他说，我十九岁外出闯世界，进入商界打拼，从来不知道什么是累。商界元老笑笑，说，是心累。是让艰难、激流、险滩、忧虑、焦灼折腾的。

展圻想想，不无道理。要说，人这玩意真怪，钱不就是几张纸吗？钱多是生活，钱少就不是生活了？没钱人不照样过得自自在在，滋滋润润？

想是这样想，可展圻管不住自己，人生最大的痛苦，莫过于看着白花花的银子流进别人腰包。展圻决定，继续扩大经营规模，实施集约上市。

展圻的梦还在一直做，不同的是，当狼追狗撵人们揍的时候，娘挥舞着擀面杖，把他挡在身后。娘单薄的身子霎时高大起来，像一位能征惯战的铠甲武士，擀面杖一挥，便是一个清明世界。

展圻醒了，展圻知道，他想娘了。

娘一个人住在乡下，展圻几次要把老人接进省城，可娘不来。娘说，我这把老骨头，哪儿也不去，我要守着咱这个家，哪天你在城里住烦了，回家有个落脚的地方。展圻明白，娘说的不是那层意思，七十六岁的老太太经见得多，看得也远，她在为儿子留着后路。商场如战场，一个闪失，一个陷阱，足以让所有打拼付诸东流。

太阳即将落山时展圻回到乡下老家。娘正关鸡窝，见展圻进门，把手伸进鸡窝要抓鸡杀。展圻说，杀什么鸡呀娘，我想吃你擀的面条。

娘做的是绿豆杂面，擀得薄薄的，切得细细的，一根根丝线似的，白亮里透着星星点点黑。面条里搁了葱花香油辣椒,还有青绿的香菜。展圻两碗下肚,额头上冒出一层微汗。娘问,还吃不?我给你盛去。展圻抚抚肚子,说,饱了娘,不吃了。

娘俩坐在堂屋矮凳上,家长里短,说了一会儿闲话,展圻连着打了几个哈欠,娘说,看把你累的,去睡吧,床铺弄好了。

展圻说,我不睡,我想让娘抱抱我。娘笑了,瘪瘪的嘴角朝两边撇了几下,眼里浮上一丝疼意。娘在展圻头上拍拍,说,你个小兔崽子,多会才长大啊,快四十的人了,还跟娘撒娇!展圻把凳子挪近娘,把脸埋在娘的膝盖上。娘拿指头梳着展圻的头发,说,小时候你头发多好,黑乎乎的像锅盖,这会咋没剩几根了?展圻说,累的,忙的,愁的。娘说,那咱不忙、不累、不愁行不?展圻说,不忙不累不愁挣不来钱呀。娘就问他一天吃几顿饭。展圻说三顿。娘又问,你一个月见几回日头?展圻说三十回。

这不得了,娘说,人家钱少的不也三顿饭?一月三十个日头人家少见一回了?没有吧。

展圻早已泪流满面,把娘的裤子打湿了一块。

床铺好了,柴床,荆席,粗布床单,娘在西墙角放了个瓦盆,供他半夜起来解手用。展开被子,展圻马上闻到一股香味,那是皂香味,太阳味,娘的味。展圻很快睡着了,竟是一夜无梦,直到太阳透过窗纸照到脸上,才把展圻从睡梦中晃醒。

走出屋门,展圻觉得浑身是劲,做了几个扩胸动作,然后抽开鸡窝挡板,捧出一捧玉米,撒向活蹦乱跳的鸡子。接着挑来一担水,拿瓢泼向青翠欲滴的白菜,扬起的水雾在空中画出一个圆弧,织成一道绚丽多姿的彩虹,飘荡在土墙蓝瓦的小院。

临走,展圻说,娘,咱把公司搬回来吧?娘问,为啥呀儿子?展圻说,在你身边我睡得踏实。

娘知道,儿子说的不全是实话。

照相

　　我这辈子最亏,提拔没我的份,副高职称被人挤占,请客吃饭坐下位,掂水扫地拖地板一次不落。这些都不说了,说起来气人。就说照相吧,我一次也没往中间坐过、站过。单位欢迎新领导就职,欢送老同志退休,中间位置当然没我的份,人家局长、处长一大堆,哪里轮得上我。战友聚会,同学相聚,非官方的吧,可我还是不能坐中间,人家现在升任师长、团长了,你一个退伍的大头兵,好意思挤在两杠四星、两杠三星中间? 咱生成的边角料,挎到末梢,站到后排,那才是咱的位置。每次拿回照片,我儿子就揶揄我,说,爸,又是挎边吧。我没好气地说,咋,坐中间是你爸,站边上就不是你爸? 不就照个相吗,坐哪儿不一样? 争那个干啥。

　　嘴上这样说,其实心里不平衡,不是滋味,别人可以坐中间,我为什么就不能?

　　不平也好,不是滋味也罢,都得认,不认不行,谁让自己不争气,五十大几了还是个小科员。

　　前年夏天我有一次照相坐中间的机会,可还是没坐成。我一个老同学从澳大利亚回来,酒足饭饱后,大家在酒店大堂合影。大堂很气派,假山陡峻,清泉回环,修竹掩映,的确是个合影的好地方。照相时,从澳大利亚回来的同学当然是坐正中位置,他也把我拉到他身边,一只手搭到我肩膀上。同学和我是发小，一块住筒子楼，一块在花坛里玩尿泥，上的一所幼儿园，一所小学，一所初中，高中毕业，到国外接受姑母的遗产留在澳大利亚。他这次回国，第一个给我打电话，我再打电话联系其他同学，才有了这次聚会。可聚会一开始，大家似乎把我忘了，甩到一边了，过去的班长、班副、狗屁委员们，一个个人五人六，倒他妈成了主角，把我晾在一个偏僻的角落。

　　坐在中间位置，感觉的确不一样，和坐在边角末梢完全是两码事，不由自主的，一种豪气油然而生，身子不由挺得笔直。我把左腿压到右腿上，脚尖一上一下来回晃悠。正美滋滋地得意着，班长走过来，附在我耳边说，老李，外边有人找。我跟着班长出来，一个人毛也没见着。我问班长：谁找我？班长直言不讳，说，没人找。我说，你神经啊，没看到要照相了，还开玩笑？他笑笑说，谁跟你开玩笑！然后指指我适才坐的那个位置。回头看去，一个富富态态、满脸官相的胖子早已坐在那里，和我那个发小挨着。我明白了，发火了，恨不得在班长的马脸上甩一耳巴子！好不容易逮着次坐中间的机会，让这龟孙给搅了！可再看一眼顶替我坐中间那个人，我马上气就顺了，人家是谁，咱是谁？还是一边待着吧。

　　斗转星移，日月交替，我终于熬到一次照相坐中间的机会。

　　今年5月，我办理了退休手续，单位郑重其事为我开了欢送会，会后合影留念。单位就我一个退休人员，中间位置当然非我莫属。一大早，我打扮得利利落落，洗净头脸，刮净胡子，上了发胶，还从箱底翻出一条红底白点领带，戴好，站到镜子前很是打量了一番。左看右看，都挺像那么回事，都像个人物。

　　照相地点在单位的花坛边。这时候，月季花正开得红黄粉白，姹紫嫣红。前面摆了一溜凳子，空着，还没坐人。我来得早，心安理得地站在一边，反正中间位置是我的，急什么。

　　人们慢慢来了。先是领导，后是处室，接着是各科的头头，没多长时间竟把凳子坐满了，没剩下一个空位。领导向我招招手，说，老李，来来，坐呀。我尴尬地站着，不知道该坐哪里。领导吩咐：去，再搬把椅子。椅子搬来了，放在最边上。

夜晚的太阳
第六辑

137

还是边上！

领导见状，恼了，"呼"一声站起来，把我往他身边拉。我挣着不去，没有位置，去了坐哪儿？办公室主任这才把人往边上撵，腾出中间的位置，领导拉着我坐下了。

咔嚓一声，快门响了，我的泪也"唰"一声下来了。

隔了两天，办公室主任打我的手机，说，老李，实在对不起啊，那天照相机出了点问题，照出来的是一张白板，得重照。

我说，还照个啥呀，不照他娘的了！

角色

红菱唱红那年只有十五岁，小豆子似的一个小女孩，一下子成了剧团的台柱子。只要哪天有红菱的戏，戏票卖得格外好。开戏了，锣鼓家伙响起来了，售票窗口还排着绳串一样的长队，久久不肯散去，见人就问，手里有票吗？匀一张好吗？

红菱唱红的那出戏叫《香魂女》，红菱饰演环环，一个豆蔻年华的妙龄少女。红菱刚出台口，一嗓子出去就弄了个碰头彩，掌声、叫好声此起彼伏，竟让红菱足足愣了两秒钟，不知道出了啥事。红菱自己不觉得，她不但扮相清丽俊俏，身段也好，加上腔口娇嫩柔美，其间带着金属质感的铜音，不唱红才是怪事呢。

红菱十八岁嫁给了和她配戏的小生肖志远,其时,正是红菱演艺生涯如日中天的时节。她的师傅刘姐曾预测过她的前途,说,这妮子如果这么唱下去,很有可能唱进省城,不定哪天就被省团挖走了。这么匆匆嫁人,日后难免让日子、孩子、家务缠住手脚,发展的空间就少得可怜了。于是,刘姐避开肖志远,私下里来劝红菱:你才多大一点就忙着嫁人? 就不想想自己的前途? 不能晚几年再结婚? 红菱说,恐怕不行,再晚就来不及了。刘姐忙问为什么? 红菱脸红了,说,生米做成熟饭了。刘姐重重叹了口气,说,这个肖志远也是的! 又说,可惜了,太可惜了!

那时候剧团很吃香,几乎没有闲着的时候,这个场次没有结束,接下个场次的车子已经等在外面。红菱是名角,奖金红包啥的一发就是一沓,比肖志远高出好多。肖志远把红菱捧在手里,哈着热气过日子,买菜做饭拖地板,喂孩子,洗尿布,从不让红菱插手。红菱下班回家,高跟鞋一甩,一屁股坐到沙发上,肖志远就把绣花拖鞋掂过来,套到红菱脚上。

后来,戏没人看了,偶尔唱上一场,上座率竟不到两成。到了散戏,偌大的剧院只剩下几个老头老太太,靠着椅背打呼噜。红菱就很失落,从台上下来,脱了戏装,洗去油彩,无精打采地咕哝一句:咋就没人看戏了呢? 肖志远说,电视上什么没有,哪样不比咱这破戏好看? 红菱想想也是,坐在松软的沙发上看电视是比剧院的滋味舒坦。

没戏唱了,可没人敢发话让剧团解散,剧院租给温州人做了服装超市,六七十号人在干滩上晾着。

肖志远心眼灵活,早几年就活动着调到局里,混上了副局长。肖志远整天忙着开会,学习,批阅文件,买菜做饭拖地板照顾孩子,自然就是红菱的事了。做着家务的时候,红菱忍不住都要哼唱一阵,还都是大伤大悲的戏目曲调,哼着哼着,泪便扑扑嗒嗒掉下来。这天,从街上买菜回来,红菱突然心血来潮,想重温一下过往岁月的甜蜜,往沙发上一坐,把高跟鞋甩了出去,说,志远,把拖鞋拿来。肖志远把手搭到红菱额头上,说,没病啊,拖鞋不就在鞋架上放着,不会自己拿? 红菱鼻子一酸,悄没声息进了厨房。

夜晚的太阳

第六辑

红菱得了癌症,肝癌,而且是晚期。弥留之际,红菱整整昏迷了一夜,在蓝天浮云的早上醒了过来。她显得特有精神,脸红扑扑的,一如她唱红那天一样,深情地看着旁边的肖志远。肖志远知道这是回光返照,妻子活在世上的时间从此要用分秒计算了。他把红菱紧紧抱在怀里,哭着问红菱,红菱,你还有什么话就说吧。他知道这样问有点残酷,但他还是要问,以免留下什么遗憾。红菱笑了,有点苦,却充满一种无限的向往,眼光亮亮的。她说,我想听戏,听那出《香魂女》。肖志远愣了,这出戏早被他忘得差不多了,脑子里也就只剩下有限的几句。想了一会儿,肖志远隔三拉四唱了起来。红菱说,错了,狼腿拉到狗腿上,还有两处跑了调。还是我唱吧。

环环我曾有多少女儿梦

女儿梦醒一场空……

老天哪,为什么让我遭不幸

命运哪,为什么对我太不公……

红菱一如当年,腔口娇嫩柔美,字正腔圆。唱时,眼里溢出了泪水,清亮而又干净。

幸福博客

我总以为,写"幸福"博客的是个女人,其实不是,是个正儿八经的大男人。"幸福"博客的用户照片是女人,而且相当漂亮,不说沉鱼落雁、闭月羞花,起码可称得上花容月貌。照片应该是春天拍的,蓝天清碧,白云悠远,一个清秀可人的女人站在绿茵茵的草地上,身边是数株红黄相间撒欢开放的月季。她身子向左半侧,神态俏皮,盯着一朵疯野的红花,自然流畅的面部线条勾勒出一个春光灿烂的微笑。那笑,气质优雅,自信柔美,马上传达给每一个进入她博客的人。"幸福"博客在网上迅速蹿红,点击量直逼每日千人次。

老实说,我开博是因为无聊。大学毕业后,在县中谋了个小教师职位,女朋友却还在水深火热中读大二,相隔千里,云遮雾罩,平时连面都见不上。不在博客上转转,到人家"小屋"抢个"沙发"坐坐,写点远水不解近渴的狗屁文章发泄一下,没准会把我憋疯。

我主动要了她的QQ。千万别把我当成好色之徒,本人其实很正统,我相信从一而终。我之所以要她的QQ,是我欣赏她的博文,每篇小文都美得不行,精致得不行,从中流泻出的万般真情,既让人有一种心痛的感觉,又让你不由自主,随着她走进满溢幸福的迷醉境界。

她把QQ给了我,于是马上开聊。我这才知道,开"幸福"博客的是个男人,那张美轮美奂的照片是他妻子的。我敲出一行字问他,既然自己开博,为什么不用自己的照片,而用妻子的?是不是想提高点击率?现在的人喜欢看美女,博客上也一样不能免俗,放一张漂亮的女人照片,比一个五大三粗的大男人点击率高多了。

他说不是,这是他妻子的博客,大部分博文也是他替妻子写的。我问,你妻子呢?自己的博客自己为什么不写?对方许久没有回答,直到我准备下线,他才发过来一行字:她走了。死于一场车祸。

于是,他讲了"幸福"博客的故事。

他和妻子是一个处室的同事,相恋了整整四年。他们相爱至深,妻子想让所有的人分享这种爱和幸福,便开设了"幸福"博客。前不久,他和妻子终于完成了全部恋爱过程,要走进婚姻殿堂了。谁知在接亲路上,一辆失控的黑色别克拦腰撞向花车……

夜晚的太阳

第六辑

他说，本来，他要替妻子关掉博客的，可他没有，延续妻子的博客等于延续妻子的生命，延续他们的爱情，延续他的幸福，他要让妻子永远活在博客上，活在他的字里行间。

我说，依我对世上男人的理解，你不会一辈子生活在妻子的博客里，你对妻子的爱到底能维持多久？一年？两年？十年？八年？那么之后呢？准备当个钻石王老五？

他说不是，他会结婚生子，会有一个新家，他会善待未来的妻子，但不会关掉"幸福"博客。我说，这不可能！爱情绝非水与乳，一个人的内心深处，绝难容得下两份爱情。他说，傻帽了不是，我指的是婚姻，不是爱情。我说，爱情和婚姻可以分开吗？

他没有回答。他一如既往，写着优美的博文，一天一篇，从来没有间断。

突然有一天，"幸福"博客不再出现新的博文，

第二天也没有。

第三天、第四天还是没有。

我以为他病了，或者，有什么事外出了，这种事常有。直到三个月后，"幸福"博客仍然没有博文出现。我知道，"幸福"博客很有可能从此寿终正寝。生病也好，外出旅行也罢，三五天、十天八天，一两个月都有可能。可这是四个月呀，四个月不上博就有点不可思议了。看来，他对妻子生命的延续即将成为一句空话。很有可能，他已经找到了新欢，正带着女朋友在逛首饰店，购买项链或钻戒。

本来，我想在QQ里问问他的，可一想算了，有什么意思？博客本来就是虚拟的、哄人玩、当不得真的玩意，你较的哪门子真。

女朋友终于大学毕业了，到家那天，我抱着女朋友狠狠哭了一场。女朋友说，怎么了，怎么了？好好的撒什么猫尿。我使劲朝脸上抹了一把，说，你不懂。吃过晚饭，女朋友说，现在时兴夫妻两口开博，咱也开一个？名儿都想好了，叫"幸福"。我说，你省省吧，我不相信那玩意。

142